園圃之歌

諾貝爾文學獎大師赫曼‧赫塞的自然哲思與手繪詩畫

Freude am Garten

Betrachtungen,
Gedichte und Fotografien.
Mit farbigen Aquarellen des Dichters

Hermann Hesse　　　　Volker Michels
赫曼‧赫塞 ──── 繪‧著　　佛克‧米歇爾斯 ──── 編
彤雅立 ──── 譯

運用一點自由，讓大自然的意志成為我的。
——赫塞

生命中的花園
赫曼‧赫塞的畫與詩

033

龍膽花‧黎明的白玫瑰‧丁香‧茉莉‧罌粟

花香組詩｜風信子‧木犀‧茉莉‧玫瑰‧芥菜‧水仙

初開的花‧藍蝴蝶

散文、詩與小說

005

1. 花園裡
2. 九月
3. 兒時的花園
4. 少時花園
5. 外部世界的內在世界
6. 致兄弟
7. 公園變成森林
8. 波登湖畔
9. 風雨過後的花朵
10. 一朵花的生命
11. 還有花
12. 盛放的花朵
13. 有時
14. 六月天
15. 花朵
16. 無用之用的快樂
17. 躺臥在草地上
18. 樹木的禮讚
19. 修剪過的橡樹
20. 波登湖再見
21. 那把遺失的折刀
22. 老花園
23. 彷彿孩提時的童話

24. 老樹悲歌

25. 一頁日記

26. 晚夏

27. 對照記

28. 花梗

29. 百日草

30. 初秋

31. 夏秋之際

32. 澆花

33. 對一小塊土地的承擔

34. 園圃時光

35. 桃樹

36. 園丁作夢

37. 反璞歸真

38. 耶穌受難日

39. 幾頁日記

40. 凋零的樹葉

41. 小老虎

42. 給君特・波美爾的花園小記

43. 千年之前

書信   188

彷彿失落的故鄉──赫曼・赫塞有關自然與花園的信件與書寫

短篇故事   200

之一   老尼安德

之二   鳶尾花

後記・那秩序存在於花朵之中   228

文章出處・圖片來源   250

1. 花園裡

　　擁有花園的人，現在正是時候考慮進行春天的園藝之事了。這時候，你會若有所思地穿越小徑，兩旁是空蕩蕩的苗圃，面北的花圃邊緣還沾著一些黃色的雪，看起來一點也不像是春天來了。草地、溪邊，溫暖的葡萄園周圍卻已出現一片綠意。第一批黃花也已經開在草地上，它們帶著害羞而又歡快的生之勇氣，睜大孩童般的雙眼，望向那安靜、充滿期待的世界。然而，花園裡除了雪鈴花之外，仍是一片死寂；在這裡，春天並不顯出自己的腳步，光禿禿的苗圃正等待有人耐心的照顧與播種。

　　散步者與週日造訪大自然的朋友們，現在時機正好；他們可以四處漫遊，快意欣賞萬物復甦的奇蹟。他們看見綠草如茵，其上點綴著豔麗歡悅的初開的花朵。樹的枝頭開始萌芽。他們攀折開著銀色柔荑花的枝椏，然後帶回家擺在房裡。所有人都愜意而驚奇地注視著那份美好，一切是如此簡單而理所當然——萬物自有其時，它們生長、勃發。它們是有思想的，但絕不憂心忡忡，因為它們只看見當下，卻不用害怕夜晚的霜，也不怕金龜子、老鼠或者其他東西的危害。

　　這幾天，花園主人並不怎麼清閒。他們到處看，發現有些事情應該在冬天完成，卻太遲了；他們忖度著今年該做的事，憂心地看著去年沒好好照料的苗圃與樹木。他們清點種子與球莖的存量，檢查園藝工具，發現鏟子斷了柄，樹剪也生鏽了。——當然不是每個人都會碰到這種情形。整個冬天，職業園丁的心思都擺

在工作，勤奮的園藝愛好者與聰明的家庭主婦似乎都備齊了所有工具，一樣東西也不缺，刀子沒生鏽，種子袋不會受潮，地下室無論是馬鈴薯或洋蔥都沒有腐爛或者不見。新年度的園藝計畫已經縝密完成，必要的肥料已預先下訂，所有準備都臻至完善。確實是這樣，他們贏得讚美與驚嘆，今年他們的園圃一定又可以風光度過每個月，使我們相形見絀。

而我們的園圃卻寸草不生。我們這些人不一樣，我們是業餘者、懶蟲、夢想家與冬眠的人。我們驚慌失措地看見春天來臨，目瞪口呆地望著勤奮的鄰居所做完的每一件事，而我們卻在舒適的冬眠之中渾然無所覺。我們實在羞愧，一時之間，事情變得緊迫，我們得加緊腳步追上，磨亮我們的剪刀，趕緊寫信給種子商，就這樣，又浪費了一天半日。

終究我們還是準備妥當，開始工作了。起先的那幾天，一如以往，充滿希望、使人感到激動且幸福，卻也是勞頓的，當一年的第一滴汗水從額頭上流下，靴子陷入柔軟卻厚實的泥土，握著鏟柄的雙手腫起來，你開始感到疼痛，這時，三月的陽光即便無害且溫柔，你還是覺得過分暖和了。經過幾小時筋疲力竭的工作，你帶著背痛與疲憊的身軀回到屋裡，發覺爐火溫度暖得出奇；晚上你坐在燈下讀著園藝之書，裡面有許多引人入勝的章節與事物，當然也描述了枯燥乏味的勞作。再怎麼說，大自然是仁慈的，舒適的花園終究會變成茂盛的園圃，上面滿是菠菜與萵苣，還有一些水果；夏日花團錦簇，使人心曠神怡。

第一次費力翻土的時候，出現了金龜子、甲蟲、蟲蛹與繭，

赫曼‧赫塞及其子布魯諾，攝於 一九一〇 年，
兩人於波登湖畔蓋恩霍芬的園圃中翻土。
照片提供：米亞‧赫塞 (Mia Hesse) 。

你痛快地將之消除。不遠處，烏鴉歌唱，山雀嘰喳。樹木與灌木挺過了冬天，棕色的蓓蕾勃發，充滿生氣，玫瑰花的細莖在風中輕輕搖擺，它們正夢想著未來一片奼紫嫣紅。時間越久，一切就又變得更加熟悉，處處使人預感夏天就要來臨，我們不禁搖著頭，不願再去回想自己是如何捱過漫長沉悶的冬天。漫長的五個月，沒有花園與香氣，沒有花朵與綠葉——豈不是太可憐了！不過，現在一切就要重新開始，就算今天花園仍是一片荒蕪，對於在裡面工作的人來說，萬物萌芽、草木初生，前景可以想像。園圃展現生機，這裡會長出淡綠色的萵苣，那裡會長出可愛的豌豆，再過去那邊則是草莓。我們將鬆開的土壤耙平，沿著繩線畫出平整的行列，之後會在上面播種；我們預先規劃了花壇上的形形色色，主體是藍與白，當中灑進一抹艷紅，最後用勿忘我與木犀草為這片繁花似錦鑲邊。我們沒有忘記亮麗的金蓮花，為了夏天可以喝點小酒、吃些小菜，因此也隨處種下櫻桃蘿蔔。

工作上了軌道，愚蠢的興奮也漸漸平息，我變得平靜，微小無害的園藝之事，以另一種共鳴與思想，奇妙地擄獲著我們的心。從事園藝之事好比創作，它需要創造慾與渾然忘我的感受；人們可以憑自己的心神意念去耕耘一方土壤，為了迎接夏天，給自己創造最愛的水果、顏色與香氣，也可以將一小方園圃、幾平方尺的空地變成一片斑斕起伏的花海，成為心愛的一角與小小的伊甸園。然而，天地自有其限。人類因各種慾望與幻想所驅使的，終究要讓位給大自然，由它來操刀、照料。而大自然是不講情面的。它有時讓你阿諛奉承，它表面上讓你矇騙一回，到頭來你還是得加倍奉還。

一九一一 年，父親與兒子布魯諾攝於蓋因霍芬家門前，
當時為南瓜收成之時。照片提供：米亞·赫塞。

身為一位園藝愛好者，你可以在這溫暖的短短數月觀察到許多。只要你願意，並且有這樣的稟賦，眼睛所見都是令人愉悅的——觸目所及的景致洋溢著土地飽滿的力量，大自然在百花間幻想與戲耍，可愛的小生命有時也像人類，因為在這些植物當中，節約度日或者揮霍無度，驕矜知足或者充當寄生蟲，能否持家，優劣不同。植物依其特性與生活，有些市儈平庸，有些紳士享樂；它們當中有好鄰居與壞鄰居，有朋友也有仇人。有些植物肆無忌憚生長並且張狂死去，有些則飽受欺凌，貧苦地餓死，它們是蒼白而艱困的存在。有些植物結實累累、不斷增生，終至繽紛茂盛，其他植物則需要費力誘導，才能繁後代。

花園的夏天來了又走，時光飛逝的速度之快，每每使我驚嘆，並且百思不得其解。幾個月的時間——各種植物在這樣短的時間內生長，顯得得意洋洋，它們的生死榮枯，都在這園圃。剛剛才將百草種進一方園圃、灌溉施肥，轉眼間，它們便開始成長、繁茂、終至茁壯，隨著不過兩三回的月的盈虧，稚嫩的植物已然老去，它們的使命已經完成，必須剷除，然後讓位給新生命。夏天的腳步對園丁而言，簡直快得驚人，那是其他職業或

無所事事之人難以想像的。

與其他地方相比，在一座花園裡，所有生命的循環顯得更加緊湊，你看得更清晰，並且更加相信。還沒到植栽的時候，就已經出現食物殘渣、動物屍體，剪下的嫩枝，切下的莖幹，窒息或罹難的植物……每星期都陸續增加。全部的東西混在一起，與廚餘、蘋果、檸檬、蛋殼與廢物，一同成為堆肥；它們枯萎、凋零與腐壞並非無關緊要，而是被守護著，沒有人會丟棄它們。陽光、

雨水、霧氣、空氣與寒風，分解著那堆不怎麼美麗的肥料，園丁小心翼翼地保存，不到一年的光景，園圃的夏天死滅，所有屍體已然分解，回歸塵土，而後又使土壤變得肥沃，黝黑並且豐饒。又過沒多久，死亡的瓦礫當中攀出了新芽，那些腐壞分解的東西又恢復了力量，再生成為美麗的新形態。這整段簡單、穩定的循環，使人類反覆尋思，讓所有宗教依隨靈感崇仰敬拜，這樣的循環，靜默、迅疾且精準地走進每座小花園。每個夏天無不是從上一個夏天的死亡獲得滋養。每一株植物也終將靜定地化做泥土，一如它從泥土變成植物。

帶著春天歡愉的期待，我開始在我的小花園裡播種，豆子，生菜、木樨草，水芹，接著用先輩的殘骸幫它們施肥，我想著這些植物的前世與來生，不知是怎樣的光景。我跟大家一樣，把這安排有序循環當成一件理所當然的事，基本上，它的內在本質是美好的。只是有時候，我在播種與收成的時候會有那麼一瞬想及，在世上一切造物中，只有我們人類對這物質循環現象有意見，這實在是件怪事——我們非但對物質守恆不滅的事實不知足，甚至還妄想追求個人不朽的永生！

——於一九〇八年

2.九月

花園哀傷

雨水冷冷沉入花朵

夏天顫慄

靜靜面對它的終結

金色灑落一葉又一葉

從高高的槐樹落下

花園正在死去

夏天發出詫異且疲倦的微笑

它在玫瑰花間

駐足、渴求安寧

緩緩閉上一雙

已然疲憊的大眼睛

3. 兒時的花園

一天早晨，我興之所至，出門蹓躂，口袋裡裝著一本書跟一片麵包，一如在孩提時代習慣的那樣，我會先跑到屋子後面仍被陰影籠罩的花園。父親種植的冷杉樹，從前我還覺得它們幼小細瘦，如今已堅毅挺拔，樹下堆著淺棕色的針葉；多年來，那裡除了長青樹，其他草木皆不生。旁邊一排狹長的花壇裡，有母親種的花朵，它們愉悅地閃耀，每個星期天我們都會採摘一大捧鮮花。朱紅色的小花束叫「燃燒的愛」，另一束柔弱的小花掛在細莖上，上面是紅白相間的心形花朵，人稱「女人心」；另一株灌木叢則叫做「惡臭傲慢」。旁邊有尚未開花的長梗紫苑，肥厚且帶著軟刺的長生草與滑稽的馬齒莧，滿佈在花間的土壤之上。這狹長的園圃就是我們最鍾愛的夢中花園。由於那裡長滿了奇異的花朵，因此與那兩座圓形花圃的所有玫瑰相較之下，顯得特別、可愛多了。每當這裡的陽光灑落，照耀著常春藤的圍牆，每束花就會展現出自己的美麗。劍蘭以刺眼的顏色炫耀自己，開著蘭花的天芥菜在自己的香氣之中陶醉、無法自拔。狐尾草認命地枯萎垂頭，耬斗菜卻踮起腳尖，搖響四片花瓣組成的夏日鈴鐺。蜜蜂在黃花與藍繡球上成群飛舞。許多棕色小蜘蛛在濃密的常春藤上來回穿梭結網，紫羅蘭的上方；一群蝴蝶在空中帶著各種情緒翩翩飛舞，嗡嗡作響，牠們的身體肥胖、翅膀透光，大家也稱之為「天蛾」或「鴿尾蝶」。

某個假日，我帶著閒情逸致，走向那一朵又一朵的花，嗅聞

繖形花序的香氣，或是用手指小心翼翼地打開花萼，注視著它的內裡，觀察神秘的淺色深淵、寂靜有序的葉脈與雌蕊，以及其上的茸毛與剔透的溝槽。我也一邊探看早晨混沌未明的天空，雲霧繚繞與小而飽滿的雲朵相映成趣，交織成一幅奇異的圖景……

這是我兒時製造歡樂的熟悉之地，我驚嘆著，同時帶著些許感傷四處看。小花園，花朵綴飾的小陽臺，以及潮濕、沒有陽光、石子佈滿青苔的庭院，它們注視著我，表情跟之前完全不同，那取之不盡的魔法，讓花朵也相形見絀。一只接著水管的老水桶樸實無華地擺在花園一角；那是我曾經讓父親傷腦筋的地方——我讓水流了半天，之後裝上木製水車，並且在路上建造堤壩與運河，策劃了一場大洪水。剝蝕的水桶是珍愛的東西，我拿它來排遣休閒時間——我看著它，心中便響起兒時的歡笑，而那歡笑是悲傷的，水桶不再是泉源、河流或尼加拉瓜大瀑布了。

我攀越柵欄，一邊思索著，藍色牽牛花撫過我的臉，我折下它，然後放入嘴裡含著。此刻我決定去散步，然後從山上俯瞰我們這座城市。散步是一項平淡的消遣，那是從前我根本沒想過的。小男孩是不會去散步的。他去森林是要當強盜、騎士或者印地安人；他去河邊是要當船夫、漁夫或者水車工人；他奔向草地是為了抓蝴蝶與捕蜥蜴。所以我覺得散步這件事，就像是一個成人在不知道該做什麼時所從事的，一種枯燥且莊嚴的活動。

我的小藍花很快就枯萎，並被我扔掉了。我折斷一根黃楊樹的樹枝，放入口中嚼，味道有些苦，卻有著濃郁的香氣。鐵路路堤旁立著一棵高高的染料木，綠蜥蜴在我的腳前奔過，這時，我心中的小男孩又被喚醒，我不再停駐，而是開始跑步、潛行、埋

伏，直到把這隻受驚的小動物溫暖地捧在手中。我看著蜥蜴閃閃發亮的小眼睛，心中迴響著昔日獵捕的快樂，我感到牠的身軀靈活有力，牠的腳在我的手指間防衛抵抗。接著，我很快就失去興趣，我再也不知道自己應該怎麼對待這隻被我捕捉的動物。這樣實在毫無意義，再也沒有快樂的感覺。於是我彎下腰，打開手心。頃刻間，蜥蜴驚訝地呆立著，牠呼吸急促、脅腹鼓動，最後縱身一躍，消失在草地上。一列火車在閃亮的鐵道上駛來，行經我的身邊，我目送它，有那麼一瞬，我清楚感覺到，這裡已經無法再激起我的樂趣，我滿懷熱望，希望能跟著這列火車一起往前進，往這個世界駛去。

——摘自短篇小說《旋風》，一九一三年

4. 少時花園

我的年少時光是一個花園國度
清澈泉水噴灑著青草地
老樹形成童話般藍色樹蔭
放肆的夢境,灼熱變得冰涼

如今,我帶著渴念走在熾熱的路上
我的年少之國閉鎖著
玫瑰在牆緣點頭
譏笑我的流浪

當我一路越走越遠
聽見那冰冷的花園裡樹梢窸窣
我於是必須以內心深處,諦聽那
比當時更美妙的聲響

5. 外部世界的內在世界

　　打從我還是個孩子時就有一個癖好——我喜歡欣賞大自然裡各種奇異的造型。我不是去觀察它們，而是深深沉醉於大自然的魔力，為它那蕪雜卻又深奧的語言所著迷。長長的、已然成為木頭的樹根，各種色澤的岩脈，漂移在水面上的油漬，玻璃杯的裂隙——我有時會被這類事物深深吸引，尤其是水與火、煙塵與雲霧，以及每當我閉上眼，就能看見的流轉的斑斕色彩。……觀察這些形相，投入於非理性的世界，大自然雜蕪的奇形怪狀，使我們的內心與創造這些形相的力量產生一種奇妙的和諧——很快地，我們感受到誘惑，為了自己的心情與個人的創造，我們希望將這些東西保留下來，我們看見自己與自然的界線正在動搖消弭，我們正在認識那個我們所不知道的自然，無論我們視網膜所映照的形相是從外部印象而來，又或者來自內心。沒有什麼比這樣的練習，更容易讓我們發現自己就是造物者，我們的靈魂正不斷地參與著這世界的創造過程。更確切地說，不可分割的神性，都存於我們的內在與大自然之中，如果外部世界毀滅了，我們所保有的這一份神性或許能夠將它重建起來。因為山脈與河流，樹木與葉子，根莖與花朵，自然萬物早已在我們心中預先形成，它們源自靈魂，而靈魂的本質即是永恆，儘管我們並不知道，但卻往往能夠在愛與創造的力量中發現它。

　　　　　　——摘自《德米安：徬徨少年時》，一九一七年

6. 致兄弟

假如我們此刻再見到家鄉

我們會心醉神迷，穿過那些房間

久久地在老花園駐足

我們曾是張狂的小男孩，在這裡遊玩

每當家鄉的鐘聲響起

我們在外部世界所捕獲的一切

每個精彩的瞬間

將不再使我們歡欣

我們靜靜走在過往的小路

穿過孩提時代的綠野

小徑似曾相識，卻如此巨大

在我們心中激起漣漪，像一個美麗的傳說

往昔的我們

仍是在花園裡日日捕蝶的男孩

啊，一切將來之物

將不再擁有如此純粹的光環

7. 公園變成森林

那是一座規模算大的公園，寬度適中，但是夠深，有挺拔的榆樹、楓樹與梧桐，綠樹成蔭的散步小徑，以及年輕的冷杉木與長椅。陽光灑落的明亮草地錯落其間，有些空蕩蕩，有些有花壇或灌木裝飾；在這片愉悅溫暖的草地上，有兩棵大樹遺世獨立、顯眼地立在那裡。

其中一棵是柳樹，樹下有張窄小的木椅，與樹幹一同被細長如絲、卻又沉甸甸的垂柳所包圍，讓裡面形成一頂帳篷或者廟宇，即使陰影籠罩、光線昏暗，卻能恆久維持一種淡淡的溫暖。

另一棵樹則是強壯的山毛櫸，它被矮小的圍籬隔開，從遠處看近乎黑色或深棕色。直到近一點看，或是直接站在樹下往上看，會發現在盈滿的陽光下，枝頭上的葉子正閃閃發亮，泛著溫暖的、淡淡的紫紅，那種熾熱藏而不露，顯得莊嚴和緩，一如教堂的玻璃所閃耀的色彩。老山毛櫸是這座大型公園裡最著名、最值得注目的美景，它夠高，因此公園到處都可以望見它，看見那堅實、圓拱形的美麗樹冠襯托著藍色天空。天空越藍越亮，樹梢就顯得莊嚴肅穆、黑得低調。依照天候與天色的變化，它的外觀會非常不同。有時我們細看，會發現它的美，會知道它這樣離其他樹群而居、遺世獨立，並不是沒有原因的。它自鳴得意、目空一切，冷靜地望向天空。有時它看來也像是一切了然於胸，知道自己是公園裡獨特的那一個，而沒有其他同類的兄弟。於是它往其他遙遠的樹木望去，它在找尋，它充滿渴望。清晨它是最美的，直到

黃昏的夕陽西下也是，然後它就會突然像是熄滅了一樣；它所處之地，天黑似乎比其他地方早一小時。不過，遇到下雨天，它的外表才會顯得最奇特、最陰暗。當其它樹木愉快地呼吸伸展，賣弄亮綠，它就像死了一樣，孤寂地立在那裡，從樹梢到地面都是一片黑。它不用顫抖，大家也可以看出它在受凍，它感到不快與羞恥，獨自一人被棄之不理。

　　從前，這座固定維護的休閒公園其實是個嚴謹的藝術品。可是過了一段時間，人們已經失去興致，不願再苦苦等待、照料公園並且修剪，再也沒有人打聽那些費盡心力種植的園林，這時，樹木就得靠自己了。它們彼此之間締結友誼，拋開自己帶有藝術性且有點距離感的角色，它們在困境之中想起故鄉的那片老森林，它們相互依靠撐持，張開手臂擁抱彼此。它們用厚厚的樹葉覆蓋筆直的路，用延展的根莖鞏固自己，讓森林的沃土獲得滋養。它們的樹梢彼此纏繞、堅毅生長。在這樣的保護之下，一棵樹熱情聳立，光滑的樹幹，與樹葉明亮的顏色填滿了空地，它們佔下了未被使用的土地，用樹蔭與落葉讓土壤變成軟而肥沃的黑色，因而苔癬、草地與灌木叢得以繼續繁衍。

　　後來，新的人來了，想把這座曾經的公園用來休憩娛樂，才發現它已經變成一座森林。大家應該知足。昔日那條兩旁種著梧桐樹的路，又恢復了原樣，即使沒有恢復，大家還是相當滿足，在灌木叢之間開鑿蜿蜒的小徑、為荒地種出一片草坪，然後將綠色長椅排在好位置。有些人的祖父深思熟慮地植栽梧桐，他們沿線植樹、剪裁形貌，如今他們帶著孩子一起來到這裡作客。長年

荒廢的林蔭道，如今變成一座森林，有陽光與微風吹拂，有蟲鳴鳥叫，人們可以在這裡縱情於思索、作夢、渴望……，這是令他們高興的。

草地充滿暖意，蟋蟀在高處歡鳴，在森林深處，鳥兒專注甜美地歌唱。各種香氣、聲音與陽光，孤獨地紛繁交錯，躺臥在這裡伸展四肢，瞇著眼看熾熱的天空，或是轉過身去，諦聽身後幽暗林木的聲音，或是閉起眼睛伸展身體，感受深度溫暖的放鬆與快活。是多麼美妙！

——摘自短篇小說《七月》，一九〇五年

8. 波登湖畔

　　我還不曾有過屬於自己的花園，依照我自己的田園生活準則，花園當然是要由我自己來打造、種植與照料，而我也已經行之有年。我在花園裡搭了一個棚子，用來存放薪柴與園藝工具，我在一位農家子弟的指點之下，規劃出步道與園圃、種植了樹木、栗子、椴樹、梓木、山毛櫸樹籬、許多漿果灌木以及美麗的果樹。小果樹在冬天被兔子與鹿啃食殆盡，其他所有植物卻長得相當好，那時我們的草莓、覆盆子、花菜、豌豆與生菜都大豐收。我在旁邊種了大麗菊，騰出一條大道，兩邊種滿幾百株向日葵，讓它們長得像示範品種那麼大，它們的腳邊則有數千朵金蓮花，紅黃相間、各種色調都有。至少十年的時間，在蓋恩霍芬[1]與伯恩，都由我自己親手種下蔬菜與花朵、親自澆水施肥、給小徑除草，而我們所有的柴薪，都是我自己鋸下、劈開。這些事情都很好，很有教育意義，只是到頭來，真是繁重的勞役一場。農夫的閒遊是美好的，只要它停留在閒遊階段；一旦它發展成例行公事，變成職責，快樂就會消失了……

　　而我們的靈魂對於周遭環境的景象，是如何地加工、仿造，甚至是修正它，在我們的生命中記憶的景象，是如何從裡到外被影響——我對於蓋恩霍芬第二幢屋子的記憶，可以說是一個明

1　蓋恩霍芬（Gaienhofen），德國南部邊境市鎮，與瑞士為鄰。

證，多難為情！直到今天，我對這幢屋子的花園仍然記憶鮮明，我能細數我的書房及其寬敞陽台的一切，並且說出每本書所在的位置。相反地，其他空間我卻沒有什麼印象了，離開那幢房屋二十年，顯然記憶已經模糊。

——摘自〈遷入新家〉，一九三一年

9. 風雨過後的花朵

情同姊妹，大家有志一同
嬌豔欲滴的花朵，低頭站在風中
膽怯憂懼，雨水模糊了它們的視線
有些花柔弱橫躺，已然折枝毀去

它們身體麻木、膽戰心驚，緩緩地昂首
再度面向心愛的光
情同姊妹，勇敢地展露笑顏——
我們還在這裡，沒有被敵人吞噬

此情此景使我想起許多時刻
那時我在黑暗的生命之流，麻木如行屍走肉
我從黑夜與愁苦當中找回自己
感恩地迎向充滿愛與慈藹的光

10. 一朵花的生命

孩子般怯生生，從綠萼當中
她左右張望，卻不敢看
她感到自己被光的波浪接納
感覺白日與夏天，那不可解的藍

日光、微風與蝴蝶都殷勤待她
她初展笑顏，對生命開啟
怯懦的心，學會投入於
蜉蝣人生中的種種幻夢

此刻她笑容滿面，色彩盛放
花脈中有金色的花粉鼓脹
她開始認識濕熱正午的豔陽
晚上則困倦臥倒在落葉之中

她的邊沿就像女人成熟的唇
線條上顫抖著關於年齡的預感
她熱情地綻放笑容，心底已然
顯出厭倦與耗盡的氣息

而今她也枯槁蜷曲、逐漸凋零
花瓣疲憊垂掛在子房上
色澤蒼白如鬼魅──偉大的秘密
包圍著垂死的花朵

11. 還有花

花朵明明純潔無辜

卻也要承受死亡

而我們的生命純粹

即便百般不願

也只有承受痛苦

我們稱為罪的

已被陽光吸取耗盡

它早已化為香氣，化為孩童真摯動人眼神

離開花朵純潔的花萼，撲向我們

花朵凋謝

我們亦然

那是解脫之死

那是重生之死

蒙塔諾拉的桃樹開花。

12.盛放的花朵

桃樹上有盛放的花朵
並非每朵花都能結果
在藍天白雲的映照下
它們如玫瑰色泡沫，嬌柔閃耀

靈感泉湧也如花朵盛放
一日千百朵
讓花朵盛放吧，讓事物流走
別問有多少收穫

那裡必定也有嬉戲、純真
以及滿溢的花朵，否則
對我們來說，這世界將會太小
而生命也不是享受

Voll Blüten

Voll Blüten steht der Pfirsichbaum,
Nicht jede wird zur Frucht,
Sie schimmern zart wie Rosenschaum
Durchs Blau und Wolkenflucht.

Wie Blüten gehn Gedanken auf,
Hundert an jedem Tag.
Lass blühen, lass dem Ding den Lauf,
Frag nicht nach dem Ertrag!

Es muss auch Spiel und Unschuld sein
Und Blütenüberfluss,
Sonst wär die Welt uns viel zu klein
Und Leben kein Genuss.

13. 有時

有時，一隻鳥鳴叫

或微風拂過樹梢

或一隻狗在最遠的農莊吠叫

這時我會久久聆聽，並且靜默

我的靈魂逃回

千年前被遺忘的時光

鳥兒與吹拂的風

與我接近，像我的弟兄

我的靈魂會變成樹

動物與雲絮

它們會蛻變，然後陌生地歸返

並且問我。我該回答什麼？

生命中的花園

——赫曼・赫塞的畫與詩

赫塞在瑞士盧加諾湖畔山腰親手栽植的花園。

赫塞位於蒙塔諾拉的住所卡薩卡穆奇。
畫面為露臺望向花園之所見，斜坡上為赫塞後來的房子卡薩羅莎。

赫塞在蒙塔諾拉的卡薩卡穆奇栽植的花園，
一家人一九一九年至一九三一年在此賃居。

從花園望向卡薩卡穆奇，頂樓為赫塞的居所。

幾何色塊花園寫生

從花園望向卡薩卡穆奇

位於蒙塔諾拉的赫塞之家（卡薩羅莎）與土地。
海納‧赫塞（Heiner Hesse）的鋼筆畫作。

蒙塔諾拉的卡薩羅莎，下方山坡為赫塞的葡萄園。

從卡薩羅莎的花園門口，遠眺盧加諾湖。

蒙塔諾拉的卡薩羅莎，
通往寓所前方葡萄丘陵的階梯。

蒙塔諾拉的卡薩羅莎寓所，
是由赫塞的贊助者波德美（H. C. Bodmer）於 一九三一年所建造，
君特・波美爾的油畫，一九四八年。

赫塞的提契諾花園裡，
一間專門放園藝工具的木屋。
君特・波美爾的油畫，一九四八年。

公園寫生

花圃一角寫生

冬日積雪與樹

28. April 25.

赫塞心愛的桃樹

赫塞獻給妻子的鳶尾花

龍膽花

妳沉醉在夏日的歡愉
在幸福的光裡屏息
天堂彷彿在妳的花萼中徜徉
微風輕撫妳的絨毛

如果靈魂的罪與痛也能
隨風而去
我才得以長伴妳左右
親如兄弟，須臾不離

而我在這個塵世的旅行
才有了一個幸福輕盈的終點
一如妳，以藍色的夏日之夢
走過了上帝的夢想花園

黎明的白玫瑰

妳的臉悲傷地垂在

樹葉之上，臣服與死亡

妳呼吸著鬼魅般的光

讓蒼白的夢境飄蕩

而妳沁鼻的香氣

如同真摯的歌聲

在整個夜晚，最後的微光之中

穿透了我的房間

妳小小的靈魂

怯懦地追求那無可名狀的

玫瑰姊妹，她在我的心中

微笑，而後死去！

丁香

紅色丁香花在花園裡盛開
讓愛的香氣四溢
丁香花不肯睡也不等待
她只求——
更迅疾、熱情且狂野地綻放！

我看見一陣烈焰閃耀著
風在她的一片火紅之中奔跑
她渴望著，所以顫抖
那烈焰只求——
更迅疾、更迅疾地燃燒！

在我的血液裡的親愛的妳
可否告訴我妳的夢境？
難道妳不願一點一滴流淌
卻要像奔流的江河
恣意揮霍，使自己化為泡影！

茉莉

五月帶給我最可愛的，莫過於妳
以及那純潔的白
妳的香氣滿溢
奇異的甜蜜，太陽般的熱情

妳是初戀的印記
以花瓣樸素點綴
雪白之中閃爍著蒼白
燃起焦灼的渴望

即便是嚴肅貧乏的男人
也無能對妳視若無睹
妳野性的芳香，將陷入愛河的夢境
紛繁地向他吹去

每到春天，妳的香氣
總令我迷醉
從妳的微光中，初戀的心情
甜美且痛楚地對我凝望

罌粟

大膽的紅，我喜歡妳
妳渴望陽光，狂野且朝氣
夏日香氣，介於白日與死亡
如此盛開，愉悅地搖蕩

同時妳寂靜地沉入夢鄉
彷彿懷抱一種憂傷
因而妳洶湧狂烈的欲望
只能持續一個夏天

花香

風信子的香氣

濃郁得無法隨著風

飄升到蜂蜜那般甜的雲朵

而對陶醉其中的人來說

她卻甜美，令人醺然

彷彿一頭栽進柔軟的夢

丁香花的香氣

在熱情的華美中燃燒著

在陷入夢鄉的夏夜裡

像風一般，來回往復

被傳唱的歌曲賦予她韻律

在炎熱的季節，她來了

熱烈地開花，然後離去

彷彿一場迅速散去的宴席

徒留你一人感受疼痛

紫羅蘭的香氣

在新綠的籬笆上

溫柔而含蓄地輕晃

她吸引著你，讓你更靠近

跟你玩調皮的捉迷藏

她將那久被遺忘的

甜美而無盡的

家鄉之愛

在你的靈魂裡悄悄釋放

木犀花香

你得閉上眼睛

從樸實的花瓣中吸取

它會隱祕地使你的內心

不斷想起故鄉

茉莉花香

整個夜晚,它瀰漫在花園四周

醉心於奇妙的刺激

陷入愛河的夢境中,慾望的花環

壓在眠夢者蒼白的額頭上

玫瑰花香

引你進入甜蜜魅惑

彷彿一首歌

輕輕撫摸,讓你感動

它的純潔溫柔無可比擬

你無法探測深度

只感受到遺忘是甜的

當下也是甜的

芥菜的香氣

帶著一種奇異且黑暗的誘惑

就像激情的舞蹈過後

從女人髮梢汩汩流出

晶亮的汗滴

水仙花香

帶著酸澀的基調，卻也溫柔

當它融進了大地的氣味

被午間的微風牢牢抓住

它像安靜的訪客，穿過窗戶而來

我曾暗想

為何我對水仙情有獨鍾——

只因它是我母親的花園裡

每年最早綻放的春花

初開的花

這幾天，小溪旁

紅色垂柳的後方

黃花睜開了她們金色的眼睛

我內心的記憶觸動著

那早已不再純真的我

我想起人生中金色的早晨時光

我，一介老人

原本想攀折花朵，此刻卻

折返回家，讓她們兀自綻放

藍蝴蝶

一隻小小的藍蝴蝶

展翅飛舞，被風吹拂

驟雨如珍珠落下

閃爍、發出光亮，而後消逝

風雨吹拂之際

我轉瞬一瞥

看見幸福向我招手

閃爍、發出光亮，而後消逝

Blauer Schmetterling

Flügelt ein kleiner blauer
Falter vom Wind geweht,
Ein perlmutterner Schauer,
Glitzert, flimmert, vergeht.

So mit Augenblicksblinken,
So im Vorüberwehn
Sah ich das Glück mir winken,
Glitzern, flimmern, vergehn.

H. Hesse

赫塞在蓋恩霍芬的屋子與親手栽植的花園。一九〇七至一九一二年居住於此。
照片提供：愛娃・艾伯溫（Eva Eberwein）

14. 六月天

那年夏天多麼繁盛，好天氣不以日計，而是以週計算，那時還是六月，乾草剛剛收成。

對某些人來說，沒有什麼比這樣的一個夏天更美好的——在最潮濕的沼澤中，蘆葦被烈陽炙烤，那炎熱直至骨頭深處。這些人一得空就去吸取溫暖與愜意，然後高興得像上了天堂，畢竟他們的生活本就不怎麼忙碌，其他人可沒這麼幸運。而我自己也屬於這樣一種人……

也許這是我所經歷過最豐饒的六月，這樣的六月，很快就會再來。我堂哥家在村莊街上，門前的小花園不可遏抑地開滿了花，香氣四溢；肥碩的大麗菊高掛，遮住了損壞的籬笆，長出了圓形飽滿的蓓蕾，從裡面的縫隙，伸展出黃、紅、紫色的花瓣。桂竹香激昂地燃燒蜂蜜般的棕色，它們興高采烈、充滿熱望地散發香氣，彷彿知道自己的時候到了，馬上就要枯萎，之後得讓位給生長茂密的木犀草。木訥的鳳仙花在厚實而脆的莖稈上沉思默想，細長的鳶尾花彷彿正在幻夢，蔓生的玫瑰花叢愉悅地閃著亮紅。整座花園彷彿一大束色彩斑斕、歡快的花朵，從一個過窄的花瓶湧出來，放眼望去，連一個手掌寬的泥土也看不見了，金蓮花在花束邊緣，被玫瑰花擠得差點喘不過氣，中央則是頭巾百合正炫耀地向上盛開，大花瓣肆無忌憚地綻放。

我極為喜歡這樣的景致，只是我堂哥與農村人甚少看見這

赫塞園中遠眺

些。對他們來說，只有到了秋天，園圃之中還剩下最後一批遲謝的玫瑰、蠟菊與紫苑，這時的花園才算開始。現在全部的人每天從早到晚都待在田裡，晚上則疲憊不堪，像鉛製的小兵那樣帶著沉重的身軀撲倒在床。每個秋天、每個春天，花園都會被老實地整理照料，即使花園的收成並不會帶來收益，而它最美的時光，他們幾乎不看一眼。

　　這兩個星期，田野之上藍天白雲，很是炎熱，早晨空氣純淨、風光明媚，下午則有雲朵低懸，慢慢積聚，最後層層包圍。晚上則有遠方與近處的雷雨落下，不過每天早晨，當人們醒來的時候，雷聲仍在耳邊，高空中現出亮藍，陽光灑落，處處又充滿了光與熱。這時，我便開始了愉悅從容的夏日生活——田間小路被太陽曬得燒紅乾涸，我快步走過，高高的、金黃色的麥穗正溫暖地呼吸，我穿過它們，罌粟花、矢車菊、野豌豆與牽牛花在其中歡欣綻放。然後我在森林邊緣的茂盛的草地上休息幾小時之久，金龜閃耀著光飛過我的上方，蜜蜂在歌唱，寂靜的枝椏在天際，一動也不動。到了晚上，我才愜意地慢慢走回家，陽光穿透塵土，田間泛著金色與微紅，空氣中瀰漫著熟透與微微倦怠的氣味，母牛發出渴望的哞叫，最後則是一段長長的溫和的時光，直到午夜。我在楓樹與椴樹下，獨自一人陶醉其中，或是跟一個朋友共享黃色的醇酒，我們心滿意足、無所拘束地閒聊，在一片暖意之中直到夜深，直到遠方某處的敲響雷聲，颳起驚人的風暴，第一場雨水帶著慾望，緩緩地從天空落下，沉甸甸的雨滴其實柔軟，教人幾乎聽不見它落在塵土的聲音……

接著，夏天的那種聲音就此出現！我多麼愛那些聲音，它使人快活卻也悲傷——蟋蟀的叫聲綿延不絕，持續到午夜，讓人忘我地聽，彷彿大海就在眼前——波濤起伏的麥穗發出飽滿的窸窣聲，雷聲持續在遠方靜靜埋伏，到了晚間有成群的蚊子飛舞，遠方則傳來揮下鐮刀的聲音——到了夜裡，風變得和煦飽滿，天空驟然雨下，彷彿正熱情澆灌。

　　這幾個星期顯得短暫卻令人驕傲，萬物更加熱烈地呼吸綻放，更加深刻地生活、散發芬芳，更加真摯渴望地燃燒著！一如椴樹的濃郁花香，繚繞整座山谷，絢麗的花朵在熟透且將老的麥穗旁貪婪地展現生命、誇耀自己如何加倍燃燒，讓生命如此充滿熱望，直到有天，鐮刀過早地揮下，這一切才算完結！

——摘自短篇小說〈大理石鋸〉，一九〇三年

15. 花朵

啊，美麗的姊妹們，我愛妳們，充滿羨慕
因為妳們的生命如此溫柔幸福
妳們在大地發出金色微光
妳們用無數珍貴的色彩來妝點它

陽光更真摯深情地照耀
燒紅著妳們各色的花萼
啊，妳們的盛開難以企及
那全是我們人類所缺乏的

妳們在孩童美麗的眼睛裡閃耀
古老的大地，千年的赤誠
我們深愛妳們，卻仍折斷
殺害妳們，並且不覺後悔

君特・波美爾 (Gunter Böhmer) 的鋼筆畫作。

16. 無用之用的快樂

　　每當恩麗絲太太把某些沒用的東西變得有用,她就會感到一種特別的喜悅與慰藉。她總能發現、張羅到一些東西,一些被丟棄但依然有用的東西,讓一些被蔑視的東西能夠廢物再利用。這樣的熱情並不是純粹只為了讓東西變得有用,而是她的心神意念就會從狹隘的實用觀念當中轉移出去,然後提升到美學的領域中。身為法院執法人員的妻子,她並不拒絕美麗與奢侈的東西,她也喜歡漂亮與舒適,只是不能花太多錢。所以她總是穿得樸素,卻很乾淨親切,自從她擁有了一小幢房屋,也順便得到一小塊地,她對於美麗與愉悅的渴望,就有了具體的目標,而那樣是值得的。她變成了一名充滿熱忱的女園丁。

　　每到八月,史洛特先散步走過女鄰居的圍籬,他就會高興又帶點羨慕地望進這位寡婦的華麗小庭園。耕種整齊的菜園,令人垂涎三尺,有香蔥、草莓,還有花朵鑲嵌,如玫瑰、紫羅蘭、桂竹香與木犀草,它們顯出了平淡知足的快樂。

　　讓這片斜坡與沙地種滿植物,並不容易做到。恩麗絲太太的熱忱造就了奇蹟,她也這樣持續下去。她親自到森林裡把黑色的土壤與落葉帶過來,到了晚上,重型砂石車經過,她就沿著地上輾過的痕跡走,用精巧的小鏟子收集黃金般的肥料,那是馬匹停駐時留下的,她把廚餘跟馬鈴薯皮悉心堆放在屋子後面,等到明年春天,它們會腐爛,讓土地更肥沃。她還從森林帶來野玫瑰,以及五月花、雪蓮花的秧苗。整個冬天,她在房間與地下室細心

赫塞花園彎腰勞動

培植嫩枝。那是一種隱藏在人類的性情當中，與生俱來對美麗的渴望，對於廢物再利用的喜悅，以及對白白得來的東西的應用；也許還有一些下意識未被滿足的陰性特質，使她成為一位優秀的園藝母親。

　　史洛特先生並不知道這位女鄰居的事，但卻每天帶著欽佩的眼神多次望向那些園圃與小徑，那裡一點雜草都沒有，他的眼睛津津有味地享受著蔬菜愉悅的綠，玫瑰嬌柔的紅，以及牽牛花各種有趣的色彩。每當微風吹過，他繼續散步，一陣花園的清香從後面傳來，他就會對這位可愛的鄰居滿懷更多感謝。

——摘自短篇小說〈歸鄉〉，一九〇九年

17. 躺臥在草地上

這一切難道不是花朵的戲耍？
明亮的夏日草地，植物的彩色茸毛
湛藍廣闊的天空，蜜蜂歌唱
這一切難道不是上帝嘆息的夢境
以未知的力量喊叫，期盼救贖？
藍天輝映遠處寂靜的山脈
線條分明而美麗
那是否只是徒勞一場
只是野性張力所醞釀的自然
只有疼痛難受，只有無意義
永不休止、毫無快樂的活動？
噢，不！來自世間痛苦的惡意的夢
離開我吧！
暮光下的蚊蟲之舞搖晃著你
鳥鳴搖晃著你
一陣風吹起
沁涼地撫過我的額，彷彿撒嬌
你這古老的人類之痛，離開我吧！

也許處處是折磨

也許處處是痛苦與陰影——

而這甜美的夏日時刻卻不是如此

紅色三葉草的香氣

我的靈魂裡溫柔舒適的感受

卻不是如此

18. 樹木的禮讚

　　對我來說，樹木永遠是最有力的傳道人。樹木成群生活在森林與小樹林的時候，我會崇仰它們。當它們遺世獨立地生存，我的崇仰就會加倍。它們就像孤獨者，不像隱士那樣，因為某些欠缺而遁逃，而是像孤獨的偉人，如貝多芬與尼采。世界在樹木的枝頭上沙沙作響，它們的根部落在無盡無垠的永恆；在其中，它們不會迷失，而是用生命所有的力量去追求一件事——實現居住在它們內在的法則、表現自我並建立自己的形象。沒有什麼比一棵美麗、強壯的樹更神聖、更可作為模範了。一棵樹被鋸倒時，它致死的傷口曝曬在陽光下，這時，你可以從被切開、照亮的樹幹截面讀出它所有的歷史，此時的木頭彷彿墓碑——在年輪與殘幹中，所有的戰鬥、苦痛、疾病、幸福與繁茂都詳實記載，豐年與歉收、歷經的攻擊，以及挺過的風暴。每個農家子弟都知道，最堅硬、最高貴的木材，年輪也最細密，它們在高山上，在持續不斷的危險中以最堅不可摧、最有力量的方式生長，它們的枝幹堪稱典範。

　　樹木是神聖的。跟它們說話的人，知道聆聽它們的人，就獲知真理。它們傳道的內容並非教義與方法，而是無憂無慮的個體，也就是生命的原始法則。

　　一棵樹說，在我心中埋藏著一粒果核，一陣閃光與一種思想。我是永恆人生的生命。那種嘗試與與成就都僅此一次，永恆母親勇敢地對我這麼做，我的形體與皮膚的血管也僅有一次，我樹梢

上那最小的樹葉遊戲，我的外皮最小的傷疤，都僅此一次。我的職責就是，在轉瞬即逝、僅此一次的情況下去創造永恆，並展示出來。

一棵樹說——信念就是我的力量。我對父輩的事一無所知，每年從我身上衍生出數以千計的孩子，我對他們也一無所知。我帶著種子的秘密度過一生，對其他事則不予關心。我相信上帝在我心中。我相信我有一個神聖使命，並且憑藉這樣的信念生活下去。

當我們感到悲傷，再也無法忍受生活的時候，就會有一棵樹對我們說——安靜！安靜！看著我！生命不容易，但也不困難。你那是孩子的想法。讓上帝在你的心中說話，這樣它們就會沉默。你擔憂，是因為你所走的路偏離了母親與故鄉。可是你的每一步，卻帶著你重新面對母親。家鄉不是在這裡或那裡。家鄉在你心裡，除此之外別無他處。

每到晚上，當我聽見樹木在風中窸窣，渴望漫遊的念頭就會拉扯我的心。如果仔細、長久地聆聽，渴望漫遊的念頭就具體顯明。它並不是像外表看來那樣，只是要逃避痛苦。它是在渴望家鄉，渴望母親的記憶，渴望生命的各種譬喻。它引我們回家。每條路都通往家園，每一步都是重生，每一步都是死亡，每個墳墓都是母親。

每當我們害怕自己的思想幼稚的時候，樹木就會在晚上窸窣。樹木的思想悠長、繁密且安靜，一如它們的生命比我們的還要長。樹木比我們有智慧，除非我們懂得聽取它們的建議。然而，

一旦我們懂得聆聽樹的語言，我們那短促、慌忙、躁動的思想，也能馬上得到無比的快樂。人類若能學會傾聽樹木，就不會再渴望變成一棵樹——他只需扮演好自己的角色，何須覬覦成為別人，這正是一個人的原鄉，也就是幸福。

——於一九一八年

19. 修剪過的橡樹

樹木呀，你怎麼被剪成這樣？

你在那裡顯得陌生且怪異！

你是如何忍受這一切

用堅持與意志撐到最後一刻！

我跟你一樣，生命被摧殘卻不認輸

即使野性受挫

每天仍重新昂首，面向光明

我心中溫和柔軟的那一塊

被世界嘲笑至死

但我的本質不會被摧毀

我心滿意足，與世界和解

充滿耐性地長出新葉

我的枝椏裂開千百回

雖然滿是痛楚

我仍愛這瘋狂世界

20. 波登湖再見

在一幢房屋居住、工作許多年，如今要離開它，實在沒有比這個更令人難過的了……

你心煩意亂地走過那些空蕩的要命的書房，腳步聲在裡面詭異地迴盪，你一直覺得自己是最後一次站在裡面了，必須來個美好隆重的告別；但你的心裡什麼感覺也沒有，只剩厭倦，你只渴望離開，越遠越好，讓一切好好過去。

當我清空波登湖的房子時，心裡也是這樣想的。最後我逃到花園。孩子們踩爛的沙堆上，有枕頭與縫補過的家具，百廢待舉的山毛櫸樹籬之外，停著一輛家具車，虎視眈眈地等待著。我沿著那片五年前親自種下的樹籬，往存放柴薪的木棚走去。那裡至少還有一些我之前鋸下、劈好的木柴存量，不過劈柴用的斧頭、鋸子、鏟子、鐵鍬與耙子，都已經清掉了，而前面那條碎石路，前陣子我實在疏於照顧，現在開始長草了。不過，兩排錦葵花在左右兩旁，神采奕奕地長長列隊，夾道簇擁，這全是我播種栽培而來，我想我也要在這邊取些種子到新家，栽培出類似的植物。山雀們掛在沉甸甸的向日葵花上，牠們啄起葵花籽，灌木叢間有晚熟血紅的覆盆子垂掛著，北邊屋牆的葡萄藤蔓開始泛出紫色的光芒。我憂愁地漫步在蔬菜田畦間一條雜草叢生的小徑，發現一顆皮球，還有一個壞掉的小木馬，孩子們把這些東西留在這裡。他們已經離開了好幾天，這第一個老家早已在大家等待新家的過程被忘得一乾二淨。我的大兒子曾經幫我為蔬菜播種澆水，那邊

有一個他自己的小花園，上面有向日葵與大麗菊。

　　樹籬的另一邊，安靜的土地與湖水正在秋日的陰翳中沉睡。有好幾年，我不管做什麼，總會看著那裡在一年四季當中的變換更迭。康斯坦茨大教堂[2]像一團陰影，小小地矗立在遠方，近處則有施泰克博恩[3]輪廓分明的灰色塔樓對面，萊赫瑙島[4]上的雲霧繚繞，它周圍的每一處，我看過了不下千百次，無不與我的千百種微小體驗相聯繫⋯⋯

　　從這裡搬走一點也不好玩，甚至是令人苦惱的。但凡事總有一體兩面，清空房子有多令人討厭，遷入新居就多令我感到雀躍。在各種工具與工匠之間，我每每撞見忙於工事的妻子；整理到現在，房子只能勉強用來睡覺與吃飯。就這樣，我們開始把東西搬進伯恩[5]鄉下的老房子，它位於城郊的田野間，有一座嚴謹對稱的老花園與一口泉湧的井，狗兒與牲畜，一小片樹林，裡面有楓樹、橡樹與山毛櫸⋯⋯

　　一片敲打之中，我們開始工作、丈量與測試，一切是那麼新奇有趣，因為它是暫時的，什麼也不用負責，你剛剛把東西挪好、擺上、拉緊或者釘上，下一秒可以說：「先這樣就可以了，之後都還可以改的⋯⋯」

2　康斯坦茨大教堂（Konstanzer Münsterturm），位於德國南部邊境城市康斯坦茨（Konstanz）的主座教堂。康斯坦茨與瑞士毗鄰。

3　施泰克博恩（Steckborn），瑞士北部邊境小城。

4　萊赫瑙島（Reichenau），波登湖（Bodensee）上的小島，屬德國巴登 符騰堡邦。

5　伯恩（Bern），瑞士首都。

休息的時候，你會到陽台待一下，一株老紫藤樹不斷蔓生於其上，你窺看外面的天氣是否是晴好，天晴的時候可以看見山。或是你會看看這片荒蕪的花園，忖度著如何好好整理它，先是在樹下找到水果，然後在花壇找到花朵，草莓藤蔓亂長，結出晚熟的小果實，栗子從裂開的殼中發出棕色的光亮。你想像著一種勤勞平和的人生，對未來躍躍欲試。

　　　　　　　　　　　　──摘自隨筆〈搬家〉，一九一二年

　　伯恩市郊梅爾亨布路上，韋蒂科芬城堡[6]上方的那幢房屋，從各方面看來，其實是我們想法的一種實現，自巴塞爾時期以來，這樣的想法越來越具體，希望能給我們這樣的人造出一幢理想的房子。這是一幢伯恩風格的鄉間別墅，有著圓形的伯恩山牆，它的不規則形成為房子的特出之處，那是最舒適的房子，農人與地主的特質巧妙地融為一體，彷彿為我們而設，半原始半貴族，它建於十七世紀，保留帝國時期的擴建與裝飾，令人崇敬的古樹矗立於園邸之中，一棵巨大的榆樹給它庇蔭，那幢房子處處是奇妙的角落，充滿怪誕，時而愜意，時而陰森。屬於這幢房屋的，還包括一大塊農地，上面有農舍，目前租給一位佃農，因此家裡的牛奶與花園的糞肥都從這裡來。我們的花園位於房屋南面的斜坡，風格嚴謹對稱，石階連通上下兩個露臺，園裡有美麗的果樹，大約走兩百步，就會來到所謂的「小樹林」，那片小森林有幾十

6　韋蒂科芬城堡（Schloss Wittigkofen），位於瑞士首都伯恩，原為十三世紀一位領主的農莊，數度易主，今為私人住宅，屋舍列為瑞士國家文化財。

株包括美麗山毛櫸的老樹，它在一片小丘陵上，俯瞰著這個地帶。在房屋後面，有一口美麗的石井，朝南的大陽臺被紫藤佔據，從那裡看去，鄰近地帶盡收眼底，還有山間丘陵上的森林，眼前橫亙著圖恩[7]丘陵到韋特山[8]的稜線，少女峰[9]的高山群則在中央。我在小說片簡《夢想之屋》已經相當程度地描述這裡的房屋與花園，這個未完成的文學創作，是我對好友阿爾伯特·韋爾蒂[10]的紀念，他給自己其中一幅特別的畫作如此命名。這幢房子有些有趣且值得珍藏的東西——漂亮的瓷磚老壁爐、家具、金屬配飾，典雅的法國鐘擺，玻璃泛綠的高高古鏡，站在鏡子前，你彷彿看見了祖先畫像，一個大理石的壁爐，每到秋天，我晚上都在那裡生火。

終於⋯⋯在一九一九年的春天⋯⋯我離開了位於伯恩的那幢令人著迷的房屋；我在那裡住了將近七年⋯⋯。我去了盧加諾[11]，在索倫戈[12]待了幾週，尋覓住處，後來我在蒙塔諾拉[13]發現了「卡薩卡穆奇」[14]，並於一九一九年五月搬到這裡。我只讓人從伯恩搬來書桌與書籍，其餘的部分，我就跟租來的家具一起生

7　圖恩（Thun），瑞士中部城市。

8　韋特山（Wetterhorn），瑞士西部山峰。

9　少女峰（Jungfrau），瑞士境內最高峰，屬阿爾卑斯山脈，高 4185 公尺。

10　阿爾伯特·韋爾蒂（Albert Welti, 1862-1912），瑞士畫家、蝕刻版畫家。

11　盧加諾（Lugano），瑞士南部邊境城市，位於義語區，官方語言為義大利語，與義大利接壤。

12　索倫戈（Sorengo），瑞士南部城鎮。

13　蒙塔諾拉（Montagnola）為一瑞士小鎮。

14　卡薩卡穆奇（Casa Camuzzi），位於瑞士南部蒙塔諾拉的一幢巴洛克城堡建築，赫曼·赫塞曾於 1919 年至 1931 年常居於此，完成許多重要文學作品。

活。這是目前我住過的最後一幢屋，前後住了十二年，前面四年是全年居住，之後則是溫暖的季節才來……

這幢美麗的房子對我來說有許多意義，就某些方面來說，它是我所擁有或居住過最獨特且最美麗的房屋。當然我根本不擁有它，也不居住在整幢房屋，而是做為租客，占了其中有四個房間的一小戶，我不再是擁有房子、孩子與僕人的屋主與一家之主，像那樣呼喚狗兒、照料花園。現在我只是一貧如洗的一介文人，衣衫襤褸、舉止可疑的異鄉客，依賴牛奶、米與通心粉維生，老舊的西裝已然殘破脫線，秋天則從森林裡撿回栗子充當晚餐。

就這樣，我在卡薩卡穆奇生活了晚近的十二年，這裡的花園與房屋曾在《克林索爾》[15]以及我其他的文學作品當中出現過。這幢房屋我也畫過不下十幾回，我探究它錯綜複雜且多變的造型；尤其是在過去兩個夏天，我在離開前，從陽台、窗戶、露臺的階梯上畫下它的每個角度，還有許多畫作來自它令人驚嘆的角落，以及花園的殘破牆垣。

一道貴族般氣派的階梯，如劇院般浮誇地從房屋大門延伸出去，通往花園，在石階、斜坡與牆垣的簇擁下，花園消失在底下的一處溝壑之中；這座花園之中，所有南方的樹木都以古老高大的精緻姿態蔓生，紫藤與鐵線蓮覆在其上。對村莊而言，這幢房屋幾乎是隱蔽著的。從下面的山谷看去，階梯形的山牆與小塔樓

---

15 此指赫塞的中篇小說《克林索爾的最後夏天》（*Klingsors Letzter Sommer*, 1919）。

從森林的稜線向外張望，房子看來就像愛欣朵夫[16]小說中的鄉村城堡。

有些事也在這十二年間改變著，不只是我的人生，房子與花園也是。譬如底下花園裡的那株老紫荊樹，是我所見過最大的一株，它年復一年，從五月初開始一路盛放到六月，秋冬時節則長出紫紅色的豆莢，看起來很是奇特，某個秋夜，一場暴風使它陣亡了。克林索爾那株高大的夏日玉蘭樹，它緊挨在我的小陽台前，巨大的白色花瓣於我有如鬼魅，幾乎要伸進房間裡來，有一回，我出門不在，那株樹就這樣被砍下。

如果我那時繼續孤單下去，要不是我又找到了一個生活伴侶，我應該永遠不會想再離開卡薩卡穆奇小屋。

——摘自〈遷入新居〉，一九三一年

---

16 愛欣朵夫（Joseph von Eichendorff, 1788-1857），德國浪漫主義作家。

21. 那把遺失的折刀

　　昨天我遺失了一把折刀，這件事情讓我體驗到，我的人生哲學與聽天由命，思想根基實在薄弱，因為這小小的失去竟讓我憂鬱起來，就連今天，我也還是不斷想起那把失去的折刀，對於這樣的多愁善感，我自己都要嘲笑自己了。

　　失去這把折刀，能讓我如此憂鬱，這真是個不好的預兆。這是一種我想批評、克服卻無法完全擺脫的怪癖，某個東西，只要我擁有一段時間，就會對它產生強烈的依賴，所以每當我必須與久穿的衣服、帽子或手杖分開時，甚或是一間久住的房子，我的心中往往會產生一種不快，有時甚至會微微感到疼痛，更別說是重大的分離與辭別了。那把折刀是少數陪著我經歷人生至今所有轉折的物件之一，它陪我度過數十年的一切轉變。

　　儘管我還有一些更久以前的神聖舊物，像是母親的戒指、父親的手錶、幾張相片與童年的紀念物，但這些東西其實是死的，它們是博物館，躺在櫃子裡，一年也難得看上一回。而這把折刀卻是多年來幾乎每天用到的東西，差不多有數千次，我把它放進口袋裡，取出來，帶去工作與遊玩，我用磨刀石磨它數百次，在早年多次失去它，復又尋得。這把小刀是我心所愛，它值得我獻上一首輓歌。

　　與我這輩子擁有、使用的折刀相較，這把一點也不普通。它是一把園藝用的折刀，堅固光潔的木柄，夾著一把彎著半月形的堅硬刀刃，它不是奢侈的物件，也不是用來玩的，而是一種嚴肅、

堅實的武器，它是一種耐用的工具，依循傳統的古老樣式。這些形式來自千百年來父輩的經驗，時常能夠長久抵禦工業的衝擊。工業化的野心勃勃，企圖以新穎、無意義、非傳統與遊戲的形式來取代傳統，因為工業建立於這樣的存在基礎——現代人不再喜愛工作與玩樂中所使用物件，他們輕易且頻繁地更換它們。假如每個人一生只買一把堅固、高貴且好用的折刀，並且小心翼翼的保存到老死，那麼折刀工廠為何需要存在？不，今天大家無時不刻都在更換折刀與叉子、袖釦與帽子、手杖與傘，工業化成功地讓所有這些物件向時尚屈服，而這些僅為一季而存在的時尚款式，人們也不好要求它們能有真誠古老的傳統樣式的美感、生動與講究了。

我依稀記得，當我初次擁有這把美麗的鐮形園藝折刀那天，是怎樣的光景。那時的我正處於人生高峰，從各方面看來，我都感覺到自己處於這樣的狀態。那時我新婚不久，逃離了城市與糊口職業的囚籠，我在波登湖畔一座美麗的村莊過著獨立自主的生活。我寫書頗為成功，我自認作品很不錯，我會在湖上泛舟，妻子懷著第一個孩子，現在我正開始一項大計畫，它如此重要，占去了我的心思——我們要蓋自己的房子與一座自己的花園。地已經買好，建築格局也已劃定，我走過這塊地的時候，有時會深深感到這個行動的美與莊嚴。我感到自己正在為往後的所有時光鋪下基石，並且在此為我自己、我的妻子與孩子們建立一個家鄉與庇護。房屋建築圖已經完成，花園則依照我的想法，有了類似的雛型，有寬敞且長的中央走道、噴泉以及種植著栗樹的草坪。

赫塞以摺刀修剪樹木

當時我年約三十，有一天，輪船運來沉重的貨物抵達了，我在停泊的碼頭幫忙卸貨，把它拖到岸上。那是園藝造景公司寄來的貨物，裡面有許多園藝工具如鐵鍬、鏟子、十字鎬、耙子與鋤頭（這些器具當中，「鵝頸鋤」的名字最吸引我），還有一些其他諸如此類的東西。其中有些用布包裹的精美小物，我高興地拆開來看，那把小彎刀也在其中，我馬上抽開來測試。全新的鋼刀在我面前閃耀奪目，刀柄堅固、彈力十足，鎳質的鑲邊也閃閃發亮。當時它只是我的配備中附屬的一個小配件，沒想到，在我年輕時所擁有的一切美麗物品中，包括我的房子與花園、家庭與故鄉，這把折刀竟成為唯一還屬於我，並且待在我身邊的。

　　過沒多久，我用這把新的折刀，差點切掉一根手指，傷疤直到今天都還在。這段時間，花建置完畢，也種了植物，屋子蓋好，許多年來，每當我到花園裡，這把折刀都陪著我。用拿它修剪果樹，切下向日葵花與大麗菊，然後捆成花束，以及幫年紀尚幼的兒子們削鞭柄與箭弓。除了短暫出門旅行的時間之外，我每天都會在花園度過幾個鐘頭，這座花園是我多年來親手照料、翻土、植栽、播種、灌溉、施肥與收割，天冷的季節，我總是在花園一角生起小火，讓雜草、老樹根與各種垃圾燒成灰燼。我的兒子們喜歡在一旁將樹枝與蘆葦丟進火裡，烤馬鈴薯與栗子。有一次，我的折刀掉進火裡，此後刀柄帶著一點燒焦的痕跡，因而我也能夠從世上所有的折刀當中將它辨識出來。

　　有一段時間，因為不再滿足於生活在波登湖這美麗的房子，我於是經常旅行。我時常將我的花園棄之不顧，在世界各地周遊，彷彿棄置了重要的東西在某處，並且遺忘它，我去到蘇門答臘最

東南之處，看見綠色的大蝴蝶在叢林裡閃爍。當我回到家，我的妻子才跟我達成共識，要一起離開房子與村莊。畢竟這些年，兒子們長大了，需要上學，還有一些其他的因素，我們談了很多。但有一件事情我沒有跟任何人說，那就是待在這裡已經失去意義，我夢想在這幢房子幸福愜意的生活，只是錯誤的幻夢一場，它必須被埋葬。

　　一座漂亮的老花園，裡面古木參天，它位於一座美麗的瑞士城市近郊，可以看見附近白皚皚的雪山，在這裡，我又開始春秋兩季的生火慣習，如果生活讓我痛苦，就算在這新居也還是發生了許多艱難的事，讓一切變了調，我就會把過錯一下歸咎於這裡，一下子歸咎於那裡，有時也歸咎於自己的內心，每當我望著自己的園藝折刀，就會想起歌德對多愁善感的自殺者有過精闢的見解——不要過於舒適地死去，而要英雄主義地，至少要親手把刀刺進心臟。這方面，我跟歌德一樣懦弱。

　　而後，戰爭來臨，不用多長的時間，我不滿與憂鬱的理由就不假外求了，我清楚地意識到，也有了自知之明——根本沒有什麼需要治療，而且只要不顧一切，挺過這個時代煉獄，那就是一帖良藥，可以根治自私的憂心忡忡與灰心喪志。那段時日，我不太使用我的折刀，因為有太多其他的工作要做。漸漸地，事件接二連三崩塌，首先是德意志帝國，然後是它發動的戰爭，當時從國外看見這些，那種痛苦真是無與倫比。戰爭結束時，我的生活也徹底改變了，我不再擁有花園與房子，必須與家人分開，飽嚐數年的寂寞與深思。被放逐的那些年，我時常在漫漫冬日坐在冰冷房間的小壁爐前，我把信件與報紙燒毀，用我的老折刀削木頭、

赫塞親手紮起葡萄藤。君特・波美爾的鋼筆畫作。

丟進火裡，我望進火焰，看見我的人生、我的抱負、我的知識與全部的我，就這樣漸漸地燒毀，變成純然的灰燼。儘管在後來的日子裡，自我、抱負、虛榮，全然渾沌的生之魔魅，這些感受一再而再地拴住我，我還是找到了一個庇護所，認識一種真理。而建立故鄉並擁有它，這在我的人生當中從來沒能實現，如今，它正在我的心裡生長。

如今，每當我非常想念那把陪我走過這段漫長路途的園藝折刀，那既不是英雄式的緬懷，也不是充滿哲思的那種。今天我就是不要英雄主義，也不要哲思，這種事情，明天有的是時間。

——於一九二三年

22. 老花園

午夜，群鬼出沒

大門莊嚴敞開

鐵鑄鍛造、金箔鑲邊

綠花冠與紅緞帶

高大門扇發出輕響

色彩斑斕的東西紛紛列隊

呼嘯一擁而上

高高的髮髻

精細的胭脂與髮妝

一列華麗衣裝的紳士淑女

錦衣綢緞與法語名姓

話語流利，姿態輕柔

紅背心與藍燕尾服

紳士身穿粉紅與天藍衣袍

淑女手持大羽扇

他們富麗地排列

三兩成群交談

微笑相遇，點頭致意

風雅的妙語

溫柔的風采

他們歡笑、狎昵、彼此誘引

以行家的眼光注視

白皙雪亮，如神的身形輪廓

休憩時，他們津津有味享用杏桃

相互丟擲玫瑰，紫、白、黃色

大片花瓣紛飛

鐘聲響起，雙雙對對散去

我望向窗外，留下的僅有

空氣中殘餘雀躍的低語

與一縷錦緞華服柔媚的香氣

風將它們往森林那邊誘去

一陣陣吹來，便煙消雲散

一切嬉笑與禮貌的謊言

甜蜜目光與半真半假的感受

被粉紅色的妝掩飾的冷漠

當大家跳著小步舞曲

在底下進行老派的談天

我卻已躺在床上許久

終於遁入夢鄉

23. 彷彿孩提時的童話

　　那邊花園裡的野生植物，在夜晚是多麼美！怎麼有辦法這麼快就愛上它，就像愛上一個女人一樣！我愛上了花園，我想要它，渴望著它。我有多久沒有花園了！我生活在火車車廂與旅館房間多久了！

　　時間還早，也許是九點，不過這座小城似乎已經沉睡。我不想再這樣站著，於是跑開，沿著樓梯往下，到屋外去，經過一個噴泉湧流的廣場，穿過一條小巷，穿過其他小巷，一切如此死寂、安靜。此刻，我找到了那條之前就想走下去的小巷，花園就在那裡。也許圍牆有一道門，我要去尋找。

　　它沒有門，什麼也沒有，連個讓人窺伺的洞都沒有。現在，我對花園的渴望才真正地被喚醒……我在圍牆上尋找裂開的地方，讓我可以一腳踩上去，一躍就可以騎在牆頭上面，然後從那邊往下滑到花園裡。

　　我的雙手撐在柔軟的草地上，碰觸著一個發出奇特香氣的灌木叢，它聞起來像非常古老的東西，像是來自我最遙遠的人生，我最早的童年，味道聞起來就是這樣。噢，這味道多美，多令人興奮，它聞起來像史前時代，它唱著母親與祖母的曲調。它改變我與世界，我不再置身這裡或者那裡，這座城市或者那座花園，我在原始森林中央，在那片過去的、不朽的、感覺與回憶的原始森林中央。我嗅聞泥土，它訴說著童年的花圃，那時我年紀尚幼，將報春花種在一個花盆裡，我按壓充滿香氣的泥土，幫它澆水，

那是我第一次種東西，一些活的東西，它們屬於我，而且會長大，植物的根在黑色的泥土中吸吮養分。我自己也在泥土之中扎根，吸取原始世界的養分，在莊嚴的黑暗中孕育、萌芽，一切都是初始，一切都在萌芽，人類與植物都還不存在。

一陣呼叫把我從混沌之中再度喚醒——一隻肉眼看不見的蟾蜍，在黑暗中抵著腳掌，從我的腳邊溜走。牠已遠離，而我的心裡卻裂了一道口，那是一道深淵，我自小就追尋、逃開，它極其強大且吸引著我，那個世界冰冷、黏滑、奇異、有蟾蜍與蛇、充滿恐怖、充好奇，使人害怕危險與禁忌。這個充滿陰暗的世界，始於我童年的想像，最後也會回到混沌的狀態，先於我，先於人類，在原初恐怖的深淵裡，它既神聖又恐怖，充滿創造力又致命。

我繞過的那棵樹，高得及膝的草，雜草叢生的路，荒蕪的花壇，飛蛾與蟋蟀——這一切，樹叢中的每片葉子，一點風吹草動，都相互影響著，帶來喚醒、追憶與悸動，它讓我走進自己的內心，最終回到無形之處。頃刻間，我領會了神話的字詞，如混沌與創造，理性的字詞如遠古與發展，基本上，這些字眼不意味著時序的前後，而是同時交織而成。遠古並不比今日更古老，它也不是曾經——遠古與今日是同時的。

這座花園與我的想像並不相同。此刻的它，迥異於我祖父那代美麗動人的花園景致。現在這座花園一個充滿魔力的地方，它是原始森林，是鬼怪的舞台。它可以是世界上任何一個地方，森林與廟宇，小巷與房間，草地與車站，我們隨時都可以進入原始世界、神話與永恆——但它鮮少發生，我們鮮少感知這種魔力。

我隨著飛蛾飛越一片印度森林，在樹葉的氣味中，我也呼吸著兒時的童話，我坐在馬兒上，坐在學校的長椅，我在樹梢船的桅杆上搖晃，我追逐著天堂鳥，逃離野獸，我又老又年輕，我是侏儒也是巨人。從花園看出去，我什麼也看不見，花園過於充滿，裡面有太多國家與板塊，太多時代，太多城市，花朵、星星與雪山。

——摘自殘編〈圍牆彼端〉，一九二五年

24. 老樹悲歌

那場暢快淋漓的戰爭結束之後的近十年來，我漸漸地不與人交了，過去的我，是長期與人為伍的。儘管我不缺朋友，卻是節慶時才來往，而非日常生活的一部分，有時他們來訪，或是我拜訪他們——我已戒除長期與人一起生活的習慣。我獨自生活，因而日常生活點漸漸地由物件取代人際接觸。散步用的手杖、喝牛奶用的杯子、桌上的花瓶、放水果的碗、菸灰缸、綠色燈罩的立燈、印度黑天[17]小銅雕、牆上的照片，最後則要提到我的最佳良伴——牆上的許多書，他們在我的小房子裡，伴我入眠、醒來，吃食與工作，無論日子好壞與否，它們都陪我度過，對我來說，他們是熟悉的面孔，讓我舒服地幻想自己仍置身故鄉與老家。還有許多其他東西是我所親熟的。那些東西的樣式與觸感，無聲的服務與無聲言語，使我親愛，顯得不可或缺，如果它們當中有一樣離我而去，要是那只舊碗破了，花瓶落地，小刀遺失，我便會感到若有所失，因而必須跟它道別、默哀、致上悼詞。

而我書房的牆壁也有點傾斜，金色壁紙已然陳舊斑駁，天花板的灰漿開始剝落，它們是我的同伴與知己。那個房間很漂亮，如果有人將它奪走，我會不知去向。不過，這房間最美的部分，當屬通往小陽台的間隙了。在那裡，不只可以看見盧加諾湖，視線可以延伸直到聖馬米特[18]，海灣、山巒與村莊，遠處近處散落

---

17 黑天（Krishna），印度教神祇，又名「奎師那」。
18 聖馬米特（San Mamette），義大利邊境小城，位盧加諾湖畔，與瑞士相鄰。

的村莊，景色盡收眼底，我最鍾愛的，是從寂靜且令人神迷的老花園往下看，莊嚴的老樹隨風雨搖曳，在窄仄陡降的露臺上，聳立著挺拔的棕櫚樹，山茶、杜鵑、玉蘭花美麗茂盛；紫杉、歐洲山毛櫸、印度柳樹，還有高大的長青夏玉蘭正滋長。從我的房間看出去，露臺、灌木與樹木比起房間與物件，更屬於我與我的人生，它們才是我真實的朋友圈，我的近鄰，我跟它們一起生活，它們支持著我，值得我信賴。每當我目光投向這座花園，它回報我的不只是那種回應陌生眼光的東西，那些眼光或陶醉或淡然；它無盡地回報我更多，因為這個景象經年累月、日日夜夜陪我度過每個時刻，我熟悉它在每個季節與天候的樣貌，清楚每棵樹的葉子、花瓣與果實在四季更迭當中的變化與死亡，它們每一位都是我的好朋友，我知道它們每個人的秘密，除了我之外沒有人知道。失去它們當中的其中一棵樹，對我來說，就是失去一個好友……

　　春天有一段時間，花園開滿山茶花，顯得妊紫嫣紅，夏天則有棕櫚樹開花，處處是藍色紫藤，攀上高聳的樹。然而那株奇形怪狀、矮小的印度柳樹，雖不起眼，看來卻非常古老，似乎大半年都在天寒地凍之中冬眠；每年，這株印度柳樹很晚才開始長出葉子，大概要到八月中旬，它才開始開花。

　　然而，它們當中最美的那棵樹，已經不復存在；前幾天它被暴風吹倒了。我看見它倒在地上，還沒被搬走，這樣沉重古老的巨人，樹幹已然折損斷裂，我看見它原先聳立的地方有個大洞，從那邊看去，遠方的栗樹林與幾幢原先看不見的木屋，如今映入眼簾。

那是一棵南歐紫荊樹，又稱「猶大樹」，也就是救世主的背叛者上吊的那棵樹，可是人們在它身上卻看不出這抑鬱的來歷，噢，不，它是花園裡最美的一棵樹，其實幾年前，我正是因為它，才在這裡租下這個房子。那時戰爭剛剛結束，我自己一個人，以難民身分來到這一帶，那時我的前半生算是失敗了，我尋覓住處，想在這裡工作、想事情、把內在毀壞的世界重新建立起來，我尋找一個小房子，當我看見現在這房子的時候，它給我的感覺不壞，關鍵在於女房東帶我來到小陽臺的那一刻。這時候，我突然感到克林索爾的花園就在我的腳下，一棵參天的樹開滿了桃色的花，神采煥發，我馬上詢問這棵樹的名字，知道它叫猶大樹，此後每年它都會開花，成千上萬的桃色花朵，有點像歐亞瑞香那樣，花朵緊貼樹皮，四到六星期的時間盛開，接著長出淺綠色的葉子，然後在這茂密的淺綠葉片下，垂掛著一團團深紫色的神祕豆莢。

　　如果你在字典裡查猶大樹，當然不會有多大收穫。猶大與救世主，隻字未提！上面說這種樹木屬於豆科，學名叫做 Cercis siliquastrum，它的故鄉在南歐，不少地方用它作為觀賞灌木。此外，大家也叫它「假約翰麵包」，真猶大跟假約翰怎麼會混為一談，真是天知道！不過，當我看讀到「觀賞灌木」這個詞的時候，實在覺得哭笑不得。觀賞灌木！那可是樹木中的巨人，它的樹幹那麼粗壯，我年輕時也沒這樣過，它的枝椏從花園那邊的深塹中突出來，幾乎跟我的小陽臺一樣高了，它太壯麗，是樹中豪傑！我沒敢站在這株觀賞灌木底下——最近它被暴風吹垮，像一座古老的燈塔般倒下了。

總之，近來的生活乏善可陳。這個夏天給人突然病弱的感覺，散發著垂死之氣，那天，那一場秋雨大作，我得為一位最親愛的朋友送葬（不是樹，而是一個人），此後的夜晚涼冷，時常下雨，我不再真正感到溫暖，心中於是升起渴望啟程的念頭。空氣中滿是秋天的味道，那氣味令人想起衰亡、棺材，以及墳墓上的花環。

　　而今，在這樣的一個夜晚，颳起一陣南方狂風，那是美洲某個海洋颶風的餘波，襲捲了種植葡萄的山坡，煙囪也被吹倒，它甚至毀了我的石砌小陽臺，最後幾小時，它還把我的老猶大樹也一併帶走。我還記得，年少時我熱愛捧讀豪夫[19]與霍夫曼[20]華美浪漫的小說，那秋風掃落葉的氣勢多麼驚人！啊，真是這樣，它彷彿是來自沙漠的一股劇烈熱風，吹向我們平靜的山谷，猛烈厚重，使人喘不過氣，就這樣造就了一場美洲之患。那個夜晚非常可怕，我一刻也不能成眠，除了小孩子之外，全村沒有一人闔上眼睛，到了清晨，破碎的磚瓦，被打破的窗戶玻璃，被摧殘的葡萄藤四散各地。不過，對我來說，最慘重且最無可彌補的，就是那棵猶大樹了。儘管我們規劃將來再補種一棵同種的新樹，但是等到它長到像之前那株一半高大的時候，我早就不在了。

　　近來，我在連綿的秋雨之中給我的摯友送葬，看著棺木消失在潮濕的墓穴裡，我的心中感到一絲安慰——他找到安寧，脫離了這個並不善待他的世界，他超脫爭鬥與憂慮，登上彼岸。失去

---

19 此指威廉・豪夫（Wilhelm Hauff, 1802-1827），德國浪漫主義童話作家、小說家。
20 此指 E.T.A 霍夫曼（Ernst Theodor Wilhelm Hoffmann, 1776-1822），德國浪漫主義作家。

猶大樹的時候並沒有這種安慰。只有在溫暖的人類身上，當其中一人被我們埋葬的時候，我們才會拙劣地安慰自己說：「這下他可好了，這樣著實叫人羨慕。」我沒辦法對猶大樹說出這些。它一定不想死，直到年事已高，還是年復一年狂恣地開出成千上萬朵花，它歡快忙勤懇地結出果實，果實的綠色豆莢漸漸轉為棕色，再轉為紫色，任誰都不會因為見它垂死，而羨慕起它的死亡。我猜它也不太看得起我們人類吧。也許它早在猶大身上就看透我們了。現在，它巨大的屍體正橫躺在花園裡，倒地的那一刻，它還壓死了一整排幼小的植物。

——於一九二七年

25. 一頁日記

今天，我在屋後的斜坡

鑿出一個夠深的坑洞

我除去裡面的每顆石頭

掘出鬆軟的泥土

然後，我跪在那裡一個鐘頭

在古老的森林，以泥鏟與雙手

從腐朽的栗樹殘枝

掘出腐敗、帶有溫暖蕈菇氣味的

林中黑土

抬起沉甸甸的滿滿兩桶

然後在坑洞裡種植一棵樹

我悉心在四周撒下泥炭土

用陽光溫暖過的水徐徐澆灌

溫柔地洗滌樹根

幼小的它站在那裡，當我們消逝

遺忘生命裡喧囂的大事與

無盡的困頓，還有迷茫的恐懼

它卻會一直在那兒

熱風將它吹彎，風雨會拉扯

太陽嘲笑，潮濕的雪會壓制

黃雀與茶腹 將在此築巢

安靜的刺蝟在它腳邊掘土

它所經歷、嘗受與忍過的那些

流轉的時光，更迭的鳥獸

壓迫與療癒，風與太陽的關愛

會化為每日歌唱，從它的內裡湧流出來

那是窸窣的樹葉在歌唱

溫柔枝椏親切的姿態

樹脂迷人甜美的香氣

浸潤著沉睡、凝止的花苞

在光影無盡的戲耍之中

自得其樂

赫塞提水

26. 晚夏

晚夏仍然日日吹送
甜美的溫暖，在花朵的傘形花序之上
一隻蝴蝶四處飄飛
慵懶振翅，閃爍黃光

夜晚與清晨呼吸著
剛剛生成、潮濕的薄霧
桑葚樹突然被照亮
碩大的黃葉被吹進溫柔藍天

蜥蜴在陽光曬暖的石頭上歇息
葡萄躲在樹葉的陰影下
世界彷彿被施了魔法
困於眠睡與夢境，不讓你叫醒它

有時音樂飄來，幾首樂段那麼長
凝結成金色的永恆
直到世界醒來，擺脫魔咒
回到現下與勇敢

老者如我們，豐收地站在藤架下
溫暖著夏天曬黑的雙手
白天還笑著，它尚未走到盡頭
此時此地，依舊使我們快活

27. 對照記

　　現在是盛夏。幾個星期以來，那棵高大的夏玉蘭，已在我的窗前盛放——那是南方夏日的象徵標記，它顯得輕鬆冷靜，慵懶地開花，其實卻是急速且非常揮霍地綻放。雪白的大花苞上面，始終只有幾朵花同時開著，至多八到十朵，因此這棵樹在兩個月的花期當中，看來總是差不多，但這些碩大而美麗的花朵，其實很容易凋謝——沒有誰可以活過兩天。這些花朵大多在清晨，從染上淡綠的蒼白蓓蕾中綻放，純白色的花瓣在風中搖曳，顯得魔幻且不真實，光線像雪白的緞帶映照著，在深色常綠、厚實的葉片間，它整天青春煥發，而後漸漸褪色，從邊緣開始發黃，它變了形狀，帶著動人的屈服與疲憊表情，走向衰老，而這場衰老，也僅只一天那麼長。然後，白色花瓣便已開始褪色，變成淡淡的肉桂棕，而那些花瓣，昨天還像綢緞，今天摸起來已經像溫柔細緻的鹿皮——那是夢想中美妙的質料，像一縷氣息那般輕柔，其實卻是堅固結實的質地。我那株高大的玉蘭樹就是這樣日復一日，承載著它漸次盛開、純白如雪的花朵，外觀看來始終如一。那些花朵散發著細緻迷人、引人入勝的香氣，吹進了我的書房，令人想起新鮮的檸檬，卻更加甘甜。高大的夏玉蘭（請別跟北方著名的春玉蘭混為一談）雖然很美，卻不總是我所親愛。有些季節，我是帶著疑慮與敵意看著它的。在與我為鄰的那十年，它不斷長大、抽高，以至於秋天與春天的月份，清晨陽光已經夠稀少了，還是照不進我的陽臺。它變成一個巨大的傢伙，我時常感到

那迅速、茂盛的成長，就像一個身體健壯的男孩迅速長高那樣，有時帶點樸拙之氣。現在，在這盛夏時節的花季，它莊嚴自恃，隨風拍打著油亮硬挺的葉片，謹慎小心地照料它那嬌柔、極美，且極易逝去的花朵。

與這棵開滿大白花的大樹直面的，是另一棵極矮的小侏儒。它位於我的小陽臺，種在一個盆栽裡。這是一棵矮壯的侏儒樹，柏樹屬，身高不到一米，卻很快就要四十歲了，它是一個矮小、執拗且自我的侏儒，它有點討喜又有些奇怪，充滿尊嚴，卻又古怪得令人會心一笑。它是我最近才收到的，生日禮物，現在它就站在那裡，伸展著它充滿個性的枝椏，經過數十年的風吹雨打，枝頭滿是傷疤，這些枝椏短如手指，這棵侏儒樹卻能淡漠地望著它的巨人兄弟；巨人只需要用兩朵花，就足以將尊嚴的侏儒完全遮擋。它一點也不在意，似乎對這位肥胖的玉蘭大哥視若無睹，大哥的一片葉子，就是它的整個枝椏那麼大。它坐在那裡，小小的個子卻能穩如泰山，它在自己的世界裡深思，看來非常古老，就像人類世界的侏儒，也常常有種說不出的老邁，或者說，它們超越了時間。

幾個星期以來，夏季熱浪來襲，我鮮少出門，就在幾個房間裡生活著，我在緊閉的百葉窗後面，這兩棵樹，巨人與侏儒，就是我的友伴。巨大的玉蘭對我來說，是象徵也是召喚，代表萬物生長、自然的生命本能，無憂無慮與肥沃多產。沉默的侏儒則相反，屬於另一個極端，這點毋庸置疑——它不需要這麼多空間，它不揮霍，它追求強度與持久，它不是自然，而是精神，它不是本能，而是意志。親愛的小侏儒，你站在這裡，多麼奇異慎重，

多麼堅韌古老！

　　你有著健康、幹練、下意識的樂觀主義，你笑著拒絕一切深刻的問題，肥胖如你，膽小地放棄攻擊性的提問，享受當下的生活藝術——這是我們這時代的口號——人們希望用這樣的方式欺騙自己，忘掉世界大戰的沉重回憶。他們誇張地以為一切毫無問題，模仿美國作派，一個化妝成肥胖嬰兒的演員，誇張地愚蠢，難以置信的幸福與光彩（「燦笑」），樂觀主義正在流行，每天都用光彩奪目的嶄新花朵裝飾，或是電影明星照片，以及刷新紀錄的數字。這些所有的大事往往只是暫時的，所有的明星照與破紀錄的數字，頂多只能撐一天，之後便乏人問津，永遠會有新的出現。透過這些過度宣揚又過度愚蠢樂觀主義，戰爭與悲慘，死亡與疼痛，就這樣被視為是人們自己想像出來的愚蠢東西，而沒有人想知道它衍生出來的任何憂慮或問題，為了用力度過戰爭困境，而借鏡美國發展出來的樂觀主義，讓人們的精神也被迫轉變成同樣的浮誇，並且刺激世人做出雙重的批判，更深入地探討問題，使人帶著敵意斷然拒絕那染上幼稚粉紅的兒童世界觀，一如它們在時尚畫報與流行思維中呈現的那樣。

　　於是，一棵充滿奇妙生命力的玉蘭樹，一棵超凡脫俗、清新寡欲的矮樹，我就這樣坐在這兩個鄰居之間，觀察現下的棋、一邊思考，在熱天裡微微打盹、抽點菸，等待天黑，冷風從森林微微吹來。

　　我做事、閱讀、思考，在這當中，處處都可以遇見跟今日世界同樣的分裂。每天都有一些信件寄來，大多是不認識的人的來信，語氣大多溫和善意，有時贊同，有時指責，所有來信都指向

同一個問題，他們不是過頭的樂觀主義者，就是站在我這邊——過度樂觀的人拼命指謫我，態度或嘲笑或同情；站在我這邊的，則因為深深的困頓與絕望，而對我這個悲觀主義者狂熱誇張地贊同。

　　當然，無論玉蘭與矮樹、樂觀與悲觀主義，雙方都有道理。只是我認為前者比較危險，因為我無法眼看著他們志得意滿、開懷大笑，而不想起一九一四那一年的情景，想起那表面上健康的樂觀主義，當時全民都陶醉其中、覺得美好，並且對每個悲觀主義者以處死為威脅，因為這些人提醒大家，戰爭其實是相當危險且殘暴的行為，而且可能悲傷作結。如今那些悲觀主義者，一部分被嘲笑，一部分被處死，樂觀主義者歡慶偉大的時代，歡呼勝

利好多年，直到全民歡呼勝利到疲倦了，一切突然崩塌，現在只得讓昔日的悲觀主義者來安慰他們，鼓勵他們繼續生活。我永遠無法完全忘掉那段經歷。

不，我們這些知識分子與悲觀主義者，如果只是對自己的時代控訴、譴責或嘲諷，那樣當然是不對的。但身為知識分子的我們（現在大家都說我們是浪漫主義者，而且語帶惡意），到頭來不該是這時代的一部分？我們難道不該有權為這個時代說話，體現它其中一面，就像職業拳擊手與汽車廠商代言時代那樣？這點我是毫不客氣表示贊同的。

這兩棵樹就像自然萬物一樣，形成奇妙的對比，它們對這樣的對比也不以為意，各自展現自信與權利，剛強與韌性。玉蘭樹飽滿多汁、花香四溢，相對地那株矮樹則顯得更沉穩、更內斂了。

——於一九二八年

28. 花梗

花梗總是搖曳

在風中追求

我的心總是忐忑

像孩子般追求

在明亮與黑暗的日子裡

在願望與斷念之間

直到花被吹散

果實掛滿枝椏

直到心已饜足於童年

歸於平靜

我已明瞭人生紛擾的遊戲——

並非徒勞，且充滿樂趣

29. 百日草

　　我親愛的朋友！這個奇異、帶點古怪的夏天終於就要進入尾聲，現在山上已經散發寶石般的光彩，峰峰相連的稜線格外清晰，靛藍的天空顯得清澈甜美，這正是九月的特色。你會發現，清晨的草地上又鋪上一層朝露，櫻桃樹的葉子也已不知不覺變成紫色，相思樹則變成一片金黃。這個夏天，美茵河 [21] 北方那邊的愛斯基摩區格外溫暖，可想而知，我們南部這邊也不會受凍了。這是一個不尋常的夏天，對我們南方這裡也是，我們有過幾次詭異的大雷雨，其中一次整整下了四天，還有很多次暴風，景象雖然壯麗，卻令人吃不消，我覺得很不舒服。

　　但我卻從來沒有虛度這個夏天。我很享受那種伴隨各種擔憂而生的幸福，那樣的幸福是激烈且令人興奮的，它無法被天氣與身體的疼痛所摧毀，對我們這種人來說，這樣的幸福是最好的，而且其實也獨一無二──熱情地坐下來工作，充滿生產力地創造一些什麼。有關我的寫作，目前我無可奉告，幾年後我們再好好談。我總是很羨慕一些作家，他們

　　每年都有辦法讓消息靈通的新聞媒體報導，實在令我驚訝──我們偉大的劇作家某某先生，目前正在萊茵河畔的自家莊園寫一齣喜劇，將是他最直指時代的作品……諸如此類。要是這種事情發生在我身上，讓還在進行中的文學作品，包括書名與內

---

21 美茵河（Main），德國境內河流，流經中南部，於中部美茵茲（Mainz）
　　注入萊茵河。

容被報章媒體知道，並且公諸於世，我想，那麼我會把所有稿件都丟進壁爐燒掉。反正我很容易這樣對待自己的作品，有時我花了好幾星期或好幾個月在上面，非常重視且喜愛，突然間，它對我而言失去了魔力，或是我突然覺得這個作品哪裡不足，甚至是絕望，這時我就會將它擱置，最後銷毀它。

　　工作之餘，我也讀了一些好書，其中最好的一部作品是史蒂夫特的《野花》[22]，我在溫暖的七月晚間，心平氣和地重讀了它。親愛的朋友啊，這是一本多麼迷人、引人入勝的小書！

　　你知道的，經過炎熱夏天幾個星期的密集勞動之後，現在我要好好享受安寧與愜意了。雖然也不是成天無所事事，那種幸福我毫無天分、無能消受——我的愜意卻存在於某種緩慢的生活步調裡，在凝神觀看夏天流逝的需求之中。

　　在夏天逐漸消逝的這些日子裡，空氣裡有種澄明；如果畫家不把容易畫出來的東西理解為「如畫」的話，我想用「如畫一般」來形容那種感受。要畫出「澄明」是多麼困難的事，它激發人們駕馭畫筆，將它美化，因為所有色彩都不曾顯出如此神奇、珠寶般的晶瑩，所有陰影即便深邃，都不曾如此柔和，植物界也是如此，再也沒有比此時此刻更美麗的色彩了，萬物都染上幾分秋天的氣息，卻還不是濃烈耀眼的秋天色澤。不過，一年當中最光華耀目的花朵已經在花園裡遍處開花，先是火紅的石榴花，接著是大麗菊、百日草、早熟紫苑花，還有令人著迷的倒掛金鐘！不過，還是百日草最能體現盛夏與初秋豐富的色澤了！我一直把這些花

---

22 此指奧地利作家史蒂夫特（Adalbert Stifter, 1805-1868）的作品《野花》（*Feldblumen*, 1841）。

擺在房間裡，幸好它們耐久不謝，我帶著無比的幸福與好奇，觀察這種花束從初綻到凋謝的變化過程。在花朵的世界，沒有什麼比一把剛剛剪下、色彩斑斕的百日草更鮮美動人了。它光彩奪目、色彩喧嘩。黃色與橘色最亮眼，紅色最快活，紫紅最奇異，這些色彩，在天真的鄉下女孩身上時常可以看見，她們身上繫著緞帶，星期天身穿傳統服裝 —— 你可以將這些活潑的色彩隨意混合拼貼，它們永遠如此迷人，不只爭妍鬥豔，彼此之間卻也相得益彰。

　　我要告訴你的事情，並不是什麼新鮮事。我也不膽妄自稱是發現百日草的人。我只是想告訴你我對這種花的愛戀，因為它給人最舒適愜意的感受，長久以來，這種感覺老是抓住我。儘管這

種長久的愛戀或許顯得年老，卻不會色衰愛弛，尤其是花朵凋謝之際！我看花瓶裡的百日草，漸漸蒼白、死去，我自己也經歷了一場死亡之舞，我悲喜交集地體會了無常，因為最易流逝的，正是最美的事物，因為死亡自身多麼美，多麼絢麗，多麼值得愛。

親愛的朋友啊，你不妨觀察一下，觀察一束開花八到十天的百日草！你看它，開花幾天之後慢慢褪色，依舊美麗，你每天好好看它幾回！你會看到這些花朵，在它們最鮮美的時候，有著你能想像最令人陶醉、最豔麗的色澤，現在顏色卻變了調，顯出疲態，那麼柔弱而又棘手。前天的橘，今天變成了拿坡里黃，後天它就會變成蒙上淺淺一層銅色的灰。鄉土的青紫色，將會慢慢變得蒼白，那是與陰影相反的顏色。花瓣的邊緣日漸頹靡，好幾處翻起來，彎成溫柔的皺褶，露出霧白，顯出一種極其動人哀怨的葡萄鼠色，就像是曾祖母褪色的絲綢衣物，或是發黃的古老水彩畫裡會看到的顏色。朋友啊，請也多加留意花瓣的底面！陰暗的這面，在折枝的時候會突然特別明顯，它會開始一場顏色轉變的遊戲，它升天了，它往更具靈性之地死去，與先前在花冠時的自己相較，它更芬芳且更令人驚異。失落的顏色都在這裡眠夢，那是在花朵世界裡尋遍不著的，罕見的金屬、礦物色調，各種灰階，灰綠、古銅……，只有在高山石頭，或苔癬海藻的世界裡，才能找到這些。

你知道要珍惜這些物事，正如你知道要珍惜年份高貴葡萄酒的獨特香氣，或是桃子表皮甚或女人肌膚上的絨毛。你不會因為我比拳擊手擁有更細緻的感官與更靈性的體驗能力，就笑我是個多愁善感的浪漫主義者，即使我熱愛被風吹散的百日草的色澤，

即使我熱愛史蒂夫特《野花》中迷人悠揚的音色。但是，朋友啊，我們已經變成少數，我們這樣的人瀕臨絕種。你不妨嘗試一次，給那些時髦的美國人上點藝術課程，他們是知足常樂，喜歡享受的半人類，他們以為用手打開留聲機才有音樂性，一輛光鮮亮麗的汽車才算美麗人生，你試著給他們上點課，告訴他們花朵的死亡，粉紅色如何變成淺灰，那是一切生命與美的世界裡最生動，最振奮人心的秘密，等著我們去體會。你會感到驚奇的！

如果我這封夏天的來信可以讓你思考一些事，我想你應該會重新燃起這樣的想法──今天的疾病可能是明天的健康，反之亦然。要是那些頭腦簡單、四肢發達、拜金又愛機器的人類，行屍走肉地再苟活一個世代，那麼他們也許會需要醫生、老師、藝術家與魔術師，並且高薪聘請這些人，好引導自己領會美麗與靈魂的奧秘。

──於一九二八年

30. 初秋

秋天瀰漫著白霧
夏日總有結束的一天！
晚間的燈火誘引我
離開冰寒，早點回家

樹枝與花園即將寥落
接著只有野葡萄圍繞房屋
熱情蔓生，而後燃盡死去
夏日總有結束的一天。

年輕時讓我快樂的事
已然失去舊時歡欣
今日不再使我高興——
夏日總有結束的一天。

噢愛情，那奇妙的熾熱
經年累月，蠢蠢欲動
在我的血液中燃燒
噢愛情，你是否也會燃盡？

31. 夏秋之際

　　由於壞天氣，由於生病，由於種種因素，我錯失了一段美好的夏日時光。不過，這段介於夏秋之際的時節，最後幾個夜晚是溫暖的，第一批紫菀開花，我用全身的毛孔來吸納，對我來說，那是一年當中最興奮、最滿意的時刻，每當我在冬天或春天想起它，腦海中就會浮現可愛、美麗且易逝的畫面——記憶中那朵盛放的玫瑰，從花莖沉沉垂下，醉倒在自己的香氣裡，或是看見一顆紅得發紫、熟透的桃子，你在時機成熟之際，將它自藤架摘下，它飽滿成熟、散發甜香，此時已無意活著，它卸下防衛，在我們觸及它時，它就這麼落下，降服於我們手中。或是眼見一名美麗女子，她正值生命與愛力的頂峰，她的舉止從容不迫、高雅成熟，充滿智慧與力量，並且帶著一絲玫瑰色的愁緒，默默承受人世之無常。

　　這樣的日子最多到九月中旬就會結束。在晚夏溫煦的時節，葡萄在變硬的樹葉底下開始轉藍。夜晚在我的書房裡，熒熒閃動的小蝴蝶、透翅蛾與金龜子圍繞著燈光嗡嗡飛舞；清晨在花園裡，如薄霧卻又透亮的巨大蜘蛛網，朝露已泛著秋光；而一小時後，土壤與植物世界隨著熱氣蒸騰——打從小時候，我就特別喜愛夏秋之際的這時節，這段時間，我終於又能感知到大自然的溫柔聲響，我好奇著色彩的瞬息萬變，像個獵人那般，對微小的變化過程進行偷聽與窺看——葡萄藤的葉片過早地凋落，在陽光下翻捲；一隻金黃色的小蜘蛛，牠輕柔如絨毛，沿著吐出的細絲從樹上垂

落擺盪；一隻蜥蜴在太陽烤晒過的石頭上歇息，身體完全攤平，充分享受陽光；一朵黯淡的紅玫瑰從枝頭無聲落下，承載著它的枝椏，頓時卸下負擔而微微地往上彈。這一切都帶著敏銳與重要的意義跟我說話，那是我少時曾有的感官經驗，如今都回來了；早已遠去的無數夏日景象，一幕幕在我的眼前又顯得栩栩如生，它們明亮地閃現，或是像一縷輕煙，覆在感傷的記憶映像——孩提時那捕蝴蝶的網與採植物的箱子，跟父母一起的散步，還有我姊姊草帽上的那根

矢車菊；遠足的日子，從令人暈眩的橋俯瞰湍急的山谷溪流；石竹花搖曳在被水擊敲的危崖，使人難以企及；義大利鄉間小屋的殘垣，有淺紅色的夾竹桃朵朵盛開；淺藍色的輕煙籠罩著黑森林的原野高地；波登湖畔的花園圍牆，懸於溫柔拍打的湖水之上；破碎的湖面倒映著紫菀、繡球花與天竺葵。那些畫面目不暇給，但是對它們來說，那蒸騰過後的熾熱卻是相同的，以及那熟成的氣味，一如最盛的正午時分、正等待什麼的，或是桃子柔軟的細毛，一如美麗女人在年華正盛之際所隱然感受到的憂愁。

此刻，如果你穿過村莊與這片風景，你會在農家的花園裡發現藍色與紫紅色的的紫菀花盛開在燦爛的金蓮花之間。珊瑚紅倒掛金鐘花底下，滿地是落下的紅色花瓣。走在布滿葡萄藤蔓的小路上，你會從一些樹葉看見第一抹秋色來臨，它們散發著金屬的、棕銅色的黯淡微光，上面垂掛著淺綠色的葡萄與第一批藍色漿果，有些已經轉為深藍，若你嘗嘗，味道是甜的。森林裡處處是洋槐樹高貴的青綠色，彷彿清亮的號角，一根枯枝綴著點點金黃；時不時，你會看見一顆帶刺的綠色果實，過早地從栗子樹落下。

那堅硬帶刺的綠色果殼難以剝開，那些刺看似柔韌，卻能在轉眼間穿透皮膚；這顆粗礪的小果實正激烈捍衛它被威脅的生命。如果你將它剝出來，就會看見半熟的榛果，味道卻比它更苦。

雖然這幾天暑氣逼人，我還是常常待在外面。我太清楚這樣的美麗是多麼稍縱即逝，它會多麼快地與我們道別，它那甜美的成熟，將多麼快地轉為死亡與凋零。面對這片晚夏之美，我是如此貪婪與吝惜！對於豐盛的夏日所帶給我的一切感官享受，我不想只是觀看、感受、嗅聞與品嘗──我想要就這樣被突如其來的佔有欲侵襲，不知饜足地保有它們直到冬天，直到來日來年，直到老去。其實我並不熱中於佔有，我總是輕易分離與割捨。但現在，一種想要擁有的熱望卻折磨著我，有時我也只能付之一笑。日復一日，我定定地坐在花園裡、露臺上、在風向旗下的小塔樓上，數小時之長，然後突然變得極其勤奮，用鉛筆與鋼筆，彩筆與顏料，試圖將那繁盛的與消逝的一切豐足都驅趕而去，讓它們留在作品裡。我辛勤地描摹清晨花園台階上的陰影，以及蜿蜒的紫藤枝幹，我試著臨摹黃昏的遠山，那色澤清透，卻又如寶石燦爛。然後我會非常疲倦，我疲倦地返家，晚上，我把畫紙放進紙夾的時候，看見自己能夠保存記下的一切竟是如此稀少，不禁悲從中來。

隨後我享用晚餐──水果與麵包──此時的我，坐在有些陰暗的房間，四周已經一片漆黑，很快就要七點了，我得在那之前點燈，很快地，點燈的時間會更早，很快大家就會習慣黑暗與霧氣、習慣寒冷與冬天，並且再也想不起來，原來這世界曾有那麼一瞬是如此明晰而完美。飯後，我會拿一刻鐘的時間來閱讀，好

讓自己思考新事物，這段時間，我只能讀精選的傑作……

　　房間變得陰暗，天色卻仍映著霞光，我起身往屋頂的露臺走去，那裡的視線可以越過爬滿常春藤的磚瓦牆垣，看見卡斯塔尼奧拉[23]、剛德里亞[24]與聖馬門特[25]，看見聖薩爾瓦托雷山[26]後方的傑內羅索山[27]玫瑰色的晚霞。晚上有幸看見這樣的美景，大概持續了十分鐘到一刻鐘之間。

　　我在靠椅上四肢癱軟、兩眼疲勞，心情卻不是厭倦或懊惱，而是充滿感動，我安靜地坐在那裡，什麼也不想，陽光的餘溫還在露臺上，我的幾朵花享受著最後的夕照，葉片微微發亮，花朵慢慢入睡，慢慢地與白日道別。巨大的仙人掌，帶著金色的刺與陌生的木然，靦腆地遺世獨立著。這株童話之樹是女友送我的，在我的露臺上佔有一席重要的位置。它的旁邊有珊瑚倒掛金鐘在微笑，牽牛花的紫色花萼漸漸黯淡，不過丁香花與野豌豆，頭巾百合與春星韭早已凋謝。這些草葉花朵在盆中沙盒裡彼此推擠，葉片漸漸暗沉的同時，花瓣則更冶豔地怒放了，幾分鐘的時間，它們就像教堂的彩繪玻璃窗那般閃耀紅光。而後慢慢、慢慢熄滅，進入每天的小小死亡，好為那唯一一次的盛大的死做準備。不知不覺，它的天光消失，不知不覺，它的綠葉幻化成黑，它明亮的紅與黃，在漸趨斑駁的夜色中死去。有時很晚了，還有一隻蛾飛

---

23 卡斯塔尼奧拉（Castagnola），瑞士東南部城市盧加諾當中的一區。
24 剛德里亞（Gandria），瑞士小鎮，位於盧加諾湖畔。
25 聖馬門特（San Mamete），義大利小鎮，位於瑞義交界的盧加諾湖畔。
26 聖薩爾瓦托雷山（Monte San Salvatore），瑞士南部山峰。
27 傑內羅索山（(Monte Generoso），瑞士與義大利邊界山脈。

赫塞嗅聞花心

往它們那裡，夢幻熾烈地翩翩飛去，短暫的晚間魔法因而很快地過去，那邊的群山漆黑一片，突然顯得沉重——碧綠的天空，尚且看不見星星，蝙蝠迅即飛過，一閃即逝。在我腳下的深谷，一個戴著白袖套的男人行過草地，他在割草，同時鋼琴聲隱約從村莊邊緣的農家傳來，使人入眠。

　　這時，我回到房裡，把燈點亮，一片陰影劃過房間，夜蛾窸窣地飄向罩著燈火的綠色玻璃花萼。牠在綠色玻璃停駐，身體被照亮，長而窄的翅膀收束起來，細絨觸角顫抖著，一雙黑色的小眼睛閃閃發亮，如潮濕的瀝青。收束的翅膀布滿大理石般的紋路，形成各種素樸、隱約且細碎的色澤，混融各種棕與灰，以及枯萎樹葉的各種色調，最後如絲絨般柔軟。假如我是日本人，那麼我就會獲得祖先的傳承，知道這些色彩與混色的明確稱呼，從而有能力給它們命名。不過，這件事情大概不會完成多少，就像素描、畫畫、思索與寫作也不會完成多少一樣。造物的奧秘，全然顯現在夜蛾翅膀上的棕紅、紫與灰的色塊上，那是造物的一切魔法與一切詛咒，這份奧秘用千百種面孔看著我們，它仰望我們，復又熄滅，我們什麼也無能掌握。

——於一九三○年

32. 澆花

再一次，就在夏天消逝之前
我們想好好照料花園
澆花，它們已然疲憊
即將凋謝，也許明天就會

再一次，就在世界又變得
瘋狂、被戰爭轟炸之前
我們想好好地為一些美麗的事物
歡欣，並且為它們歌唱

33. 對一小塊土地的承擔

要是我繼續這樣孤獨生活，要是我沒有再找到生活伴侶的話，我大概就不會想到要再一次離開卡穆奇的房子，儘管它在許多方面，對一個年事已高且不再健康的人來說，住起來並不舒適。我在這幢童話般的房子裡，也曾經受凍，以及飽嚐各種各樣的苦。因此在過去幾年當中，有個念頭不斷地浮現，而我卻從未正視它——也許我該再搬一次家，找一幢房子買下、租賃，甚或自己建造它。讓我在年老的時候有個更加舒適健康的棲身之所。那僅止於想望，而沒有更多行動。

然後，美麗的童話就這麼發生——一九三〇年的一個春天晚上，我們坐在蘇黎世雅砌酒店裡閒聊，談到住家與蓋房子，我於是提到自己曾經偶然興起擁有自己房子的願望。這時，朋友 B 突然對我笑，並且喊道：「你該擁有一幢這樣的房子！」

就算他這麼說，我還是覺得那是玩笑話，是晚上喝紅酒一時興起的美麗玩笑。但是，這個玩笑卻變得嚴肅，那幢當時戲言夢想的房子，如今立在那裡，它極其寬敞美麗，讓我有生之年可以好好使用。我又開始重新整理自己的生活，為了「整個人生」而又開始重整，我想這次的重整大概是正確的。

——選自〈遷入新屋時〉，一九三一年

在某處安家，愛一小塊土地，並且在其上建造房屋，而非僅是觀察或畫下它，而是去分享農夫與牧人的簡樸幸福，維多利亞

式、兩千年不變的農曆生活節奏，於我而言，它就是一份美好而令人羨慕的運氣。儘管前我曾品嘗、體驗過一回這樣的好運，卻不足以使我幸福。

看啊，這份迷人的好運，此刻再度降臨在我身上，它掉進我的懷中，就像成熟的栗子落在漫遊者的帽子上，他只需要打開它，享用它。我萬萬沒想到自己又一次定居下來，並且擁有一塊地！不過，我並不是那塊地產的主人，而是終生的承租者。我們才剛剛在上面蓋好我們的房子，然後搬了進去，現在，我又開始過上一點記憶中熟悉的農村生活了。我不再像從前那樣，想法熱切激烈，卻想更放鬆地過生活，尋找更多清閒而非勞動，花更多時間在秋日籌火的藍色煙霧中幻夢，而非開墾林地與種植花木。無論如何，我栽種了一排美麗的山楂樹籬，以及灌木叢、樹木與許多花卉，現在我幾乎是在花園與草地上度過這個晚夏與初秋無與倫比的日子，我從事一點勞動，修剪幼小的灌木叢，為春天準備一畝菜園，清潔道路，清洗泉井──進行這些小小的勞動時，我在地上升起一個籌火，在裡面丟進雜草、枯枝與荊棘，以新綠或乾枯的棕色栗子殼。

人生有時並不盡如人意，幸福卻還是降臨了，它像一絲安慰與滿足。那種幸福無法長久，也許是件好事。那一刻，幸福的滋味多美妙，那種定居與家鄉生活的感覺，與樹木百花為伍、與土地泉水為友的感覺，承擔一小塊地，對上面五十棵樹，一些花圃，無花果與桃子負責，感覺是美好的。

每天早晨，我在工作室的窗前拾起滿滿一捧的無花果，我吃

下它們，然後拿起草帽、籃筐、鋤頭、耙子與灌木剪刀，兀自走進秋意正濃的土地。我站在樹籬邊，為它除去一公尺高的雜草，叢生的雜草擠壓了樹籬的生長；我把旋花、蓼屬植物、木賊與車前草收攏、堆高，然後在地上點燃一個小火堆，用木柴餵它，用一些綠色植物覆蓋，讓它慢慢蒸騰，我看藍色輕煙裊裊升起，如不絕的泉湧，那煙霧在金色的桑葚樹冠間穿流，最後流進湖水、山峰與天空的湛藍之中。各種熟悉的聲響來到我的耳際，那是和我一同務農的鄰居所發出的聲音，兩名老婦站在我的泉井邊洗衣、閒聊，用美麗的俚語宣講各種故事，譬如「最好這樣」與「我的老天！」[28]。一名俊俏的男孩從山谷赤腳走來，那是阿弗雷德的兒子圖力歐，我想起他出生的那年，我已是蒙塔諾拉人，如今他已經十一歲了。他穿著一件洗舊了的紫色小襯衫，在湛藍水色的襯托之下顯得美麗，他帶著四頭灰色乳牛往秋日牧場走去，乳牛的毛茸茸的粉色嘴巴，吸著篝火傳來的陣陣煙霧，試圖以嗅覺辨識，牠們的頭緊挨在一起，或倚靠著桑葚樹幹，接著快步走了二十步，然後在一排葡萄藤前面停下，如果牠們拉扯葡萄藤，就會被牧童警告，於是牠們繼續前進，頸子的鈴聲不斷響起。我拔掉野生蓼草，覺得不捨，但我更愛我的樹籬；當我以雙手翻整土地，各式各樣的植物與小動物都暴露於潮濕的泥土之上——一隻漂亮的淺棕色蟾蜍，牠從我的手邊溜過，鼓脹著脖子、看著我，眼睛像寶石一樣。蝗蟲飛起，灰燼一般灰的昆蟲，飛行時，牠會展開藍色與磚紅色的翅膀。草莓叢生長出細緻的齒狀小葉，其中

---

28 「最好這樣」（magari）與「我的老天！」（Santo cielo!）皆為義大利語。

赫塞焚土

一叢草莓還開出了一朵有黃色星星的白色小花。圖力歐望著自己的乳牛們。他是個十一歲男孩，但不是懶惰蟲，在這情竇初開的壓抑年歲，他感受到季節的空氣，感受到夏天過後的飽滿，秋收之後的慵懶，以及面對冬天時的那種期待安寧的心情。他安靜、懶洋洋地遛達，常常有一刻鐘的時間靜止不動，他用聰慧的棕色眼睛望著藍色田野，望向紫色山坡上亮白的村莊，有時他把一顆生栗子放在嘴巴裡咬一會兒，然後又扔掉它。最後，他躺在草地上，草長得並不高，他拿出一支牧笛，開始吹奏，試著吹出適合它的旋律——那支牧笛只有兩個音。這兩個音已經足夠吹出許多旋律，用木頭與樹皮吹出來的聲調，已經足夠用來歌頌蔚藍的風景、火紅的秋色，令人昏昏欲睡的裊裊輕煙，遙遠的村莊與氤氳的湖面，還有歌頌乳牛、井邊婦女、以及棕色蝴蝶與紅石竹。最原初的旋律就這樣高低起伏著，維吉爾[29]與荷馬[30]都已經聽過了這旋律。它感謝諸神、讚美土地、酸澀的蘋果、甜葡美的葡萄，結實的栗子，它感謝地讚美藍色、紅色與金色，讚美湖谷的歡欣雀躍，遠方高山的寧靜，它描繪並讚揚一種城市人所不知道的生活，那種生活並不如他們想像中的那樣粗礪，也並不那麼愜意，而是一種不那麼精神性，也不那麼英雄主義的生活，卻總像失落的家園一般，深深召喚著那些智者與英雄。因為那是最古老、最悠久的人類所過的生活，也是最簡單、最虔誠的農耕者的生活，他們

---

29 維吉爾（Vergil），拉丁語 Publius Vergilius Maro，古羅馬詩人，著有《牧歌集》。

30 荷馬（Homer），古希臘吟遊詩人，創作史詩《伊利亞特》與《奧德賽》，統稱「荷馬史詩」。

辛勤努力，卻不慌不忙，內心深處也無擔憂，因為它的基石是虔誠，它信任大地、水、空氣、與四季當中的神性，相信植物與動物的力量。我聆聽這首曲子，同時為逐漸燃盡的火堆鋪上一層樹葉，我想就這樣一直安靜地站著，別無他求，直到永遠；我的視線越過金色的桑葚樹冠，望向色彩斑斕的豐饒景致，那片風景顯得如此安詳，如此永恆，儘管前些日子的夏日它飽受熱浪來襲，不久還有冬天的暴風雪侵擾。

——選自隨筆〈提契諾的秋日〉，一九三一年

34. 園圃時光

早晨約莫七點，我離開房間

一踏上明亮露臺，那裡陽光已熾熱烤晒

落在無花果樹的樹蔭之間，粗礪的花崗岩矮牆

已經曬暖。我的園藝工具在這裡

靜靜等待

每一樣都是我所熟悉的好友——

擺放雜草的圓形籮筐

鐵鍬、短柄小鋤（在木柄與

鐵器之間

我加上一小片鞋皮，那是來自

一名提契諾長輩的睿智建議，我也讓它保持潮濕

使它不致裂開，讓人隨時取用，我總是需要它）。

這裡還有一個耙子，偶爾可見鋤頭與鏈子，

兩只澆水壺，裡面裝滿被太陽曬暖的水

我拿起籮筐與小鋤頭

迎著太陽，走上

我的晨間小路，行經枯萎黯淡的

玫瑰，行經我階梯兩旁的玫瑰花圃

攀緣薔薇沿著花崗岩向上蔓生

形形色色的花朵與百草滋長叢生

許多劍蘭、荷包牡丹、還有蔓茉莉

赫塞手藝精湛。君特・波美爾的鋼筆畫作。

娜塔莉娜的傑作、南芥與向日葵，儘管

它們受到風吹的威脅，每當雷雨，

每當焚風，我就要為之擔憂，我依然種下它們

因為喜愛，並且最常在此地與它們相遇。

直到去年，某個異鄉客佇立在這片綠意之中

一株壯碩的仙人掌在臺階的近旁，也許有著

十歲男孩的高度；經過多年

它維持良好、健壯生長，手持著武器

不讓

所有鄰居靠近它的身體，只有腳下

定居著一株矮小的褐色三葉草，沒人知道它的來歷

仙人掌容許它住在這裡，結為盟友

顯然彼此相處甚歡。然而去年多雪的冬季

雪的重量壓斷了幾條多肉的枝椏

腐爛緩慢地從傷口往內裡侵蝕

今天小小的藥草填補了這些悲傷的空隙，那是

那株異鄉客曾經生根的地方，我試著種下

一株耬斗菜，希望這個地方對它來說

日照不算太多，因為它的故鄉是森林

我低身走過，然而走沒幾步

我還得在屋前的石礫廣場前彎腰

石縫長出兩三株新綠的藥草，我除去

無花果與桑葚樹早落的葉片

它們躺在那裡，已然泛黃

赫塞整地。君特・波美爾的鋼筆畫作。

為了維持那樣的感受──讓花園保持乾淨

一如期望中的那樣，我們把房子打理得加倍乾淨

在砂礫地、玫瑰花圃、黃楊木，房屋延伸之地

黃楊木再過去，花園才算開始

穿過葡萄藤，沿著草坡往下，草帽低低地壓在

額頭上

在下坡路，我沿著美麗的石階拾級而下。

房屋已然消失，我看見修剪過的

黃楊木

僵硬地突出於熾熱的天際，花園在承接我

種滿葡萄的斜坡也在承接我，我的思緒便離開了

房子、早餐、書本、郵件

以及報紙

還有那麼一刻，遠方的藍天吸引著我的眼睛

友善地望向山巒，望向波光瀲豔的湖水

那裡的早晨，連綿的山巒屹立於光中

而後，正午的太陽接近著

天際線

山巒變得更堅實、龐大，更加真實，對著夜晚

吐露溫暖的射線，在使人迷惑的近處發出五彩光芒

它們的岩石、森林與村莊顯現於金光之中

此刻，清晨只有山脊的稜線清晰可見

山峰的前景灰藍，後景明亮

天色漸亮，銀光閃耀，霧氣變得稀薄──

而我的眼睛，它很快地迴避了東方刺眼的視線

轉而立即開始一天的農活，成為園圃的主人與守衛

我的眼睛瞥見，草莓叢裡長出新的藤蔓

處處可見含苞待放的雜草

它會開花，並且四處散播無數的種子

最好在這之前，儘速將雜草除去

羊腸小徑，蜿蜒的山路

需要留意步伐，使人擔憂或帶來喜悅

端看它如何度過上一場傾盆大雨──它是否乖順地

讓雨水透過路邊溝渠，流進草地

又或者，是否它受到驚嚇，而讓暴雨沖刷斜坡

砂礫與鵝卵石在草地上堆積

小徑路面有著深深裂隙

路旁窄小的階梯種植著葡萄藤，此外少有

其他植物，由於陡峭，由於離水源遙遠

抑或是被藤蔓遮蔽；無論如何，人們試著

在這片貧瘠的土地上收穫一些什麼──

大抵是矮豆、草莓，也有白菜或豌豆。

娜塔莉退休後，不再掌管廚房，於是在這

最棒最寬敞的露臺上，她也有一方

植物世界，她的功勞甚大，多年來對我忠誠

她悉心照料花園，用鐵皮桶扛來

兔糞與灰燼，為土地施肥。

不過，在小徑與每片菜畦交界之地

我們每年都種些花，因為這條陡峭小徑

每天都有人，經常走上它

即便豆子，豌豆與白菜已然

焦黃

路旁的那些花朵，總還是能獲得

水的澆灌

紫紅色的百日草、或者金魚草與金蓮花

我行經它們，清新與焦渴的坡地頓時清朗

我一逕向廄房走去；這裡已多年不養牲畜，

卻依然沿用舊稱。它的地窖

鮮少開啟，裡面蘊藏著箱子、瓶子與一些廢棄物

地窖之上，通風的地面層則儲藏木材、

柴薪，還有壁爐使用的木條與木椿

旁邊的儲藏室擺放著羅倫佐的一些工具

他照料葡萄藤，春天修剪藤蔓，並且將之縛起

夏天用水灌溉，晚秋為它們殺菌

而冬天

則給它們帶來渴望的牛糞。廄房

是園圃的聚會點與中心。這裡延伸出一片

廣闊的平地，是陡峭坡地上難得的好地

這個地方，只有藉著人為與機巧來與民爭地，

爭得樹木與葡萄藤，爭得階梯旁的斜坡。

不過，它在我們面前，像是窄小的皮帶

畢竟那是一片平地

這是一塊受歡迎的地；我們在此培植蔬菜

我們這些男女老少

每天都抽空來這裡盤桓

我們離家遙遠，被綠意包覆，我們愛這片種滿植物之地。

確實，這裡的價值與優點積累得真不少

外人是幾乎看不出來的（不是每個人都懂得欣賞）

但我們懂得它，並且對此感恩珍惜

廄房旁的這露臺雖然不像最上面的那樣華美

有漂亮的房子，美麗的視野

及至遼闊的湖谷，北部的高山

山上有玫瑰爭妍，黃楊樹圍繞，賓客

誇讚房子的位置，想知道這座山

如何被命名，那座山如何……不，在廄房這裡不一樣

這裡，朋友，你不會飄到高處，不會成為湖谷與遠方的

主人

你不會「幾乎望見波爾萊扎[31]」，並且聽見賓客讚嘆

這裡是農民之地，有廄房而無宮殿

東邊的牆長滿了玫瑰與葡萄藤

還有一株甜美的梨樹庇蔭，它十月將會成熟

---

31 波爾萊扎（Porlezza），義大利北部邊境城市。

梨樹下也有幾朵花盛開著，綠蜥蜴時常在這裡曬太陽

並且在陽光下帶著飽滿慾望，鼓脹著

藍色腮幫。旁邊廄房南面的牆

堆著前年的老堆肥

深色鬆軟的泥土，它是珍寶，為了妝點它

我每年都會在上面放上幾朵向日葵。它們低低地

將頭垂掛於被風吹彎的莖幹，它們從美味的泥土

獲得滋養，秋天時，它們腐爛而又滋養泥土

鳥兒啄食葵花籽，根莖被風暴吹折

她那曾經歡愉而貪婪的軀體多麼疲憊

她屈服地臥倒在等待著的泥土面前，迎向新的循環

植物與花朵多麼奇妙！它們被決定

在幾年之內、數月之中

走過生命的各種階段，從發芽到死亡！

春天時，我們觀察它們，就像觀察小孩子那樣

我們愉悅地看著它們急速成長，花兒那

充滿童真的臉龐

感人同時可笑，天真同時貪婪

——突然

在晚夏的某一天，那些仍被我們當作孩子的花朵

突然謎樣轉變，它看來心懷祕密、蒼老疲憊

卻依舊微笑著，它美好地成熟、思索著，成為警醒的典範。

向日葵的金色花頭繼續閃耀

花園裡，小路的另一頭，有些低矮的植物從蔬菜園裡探出頭來

赫塞在家門前

那是意外落下的種子所致

它們不該繼續存活，依然被

悉心照料

還是先珍惜我們所擁有的珍寶吧——

廚房旁那條乾淨的碎石子路上

一只木蓋，底下敞開著一只寬深的蓄水池

水從森林附近的鄰近水源而來，浸潤著草地

使胡桃樹有

濕潤的腳。蒙塔諾拉的居民要知道

我們的泉水特別，夏天冰涼冬天溫暖

對青草與人類來說，都是

清新的事物

這是我們繼另一座遙遠的蓄水池所蓋起來的

它連接著泉水的管道

從前泉水在草坡上平白流失

如今我們可以在熾熱的天氣下

讓一百多個澆水壺裝滿溫水、立在那裡

好好地為焦渴的植物世界付出

這片平整的菜園也是如此，它的兩旁被葡萄藤

包圍，但我計畫讓其中一排面朝東南方的蔬菜

漸漸枯死，因為他們搶走了太多陽光。

有了葡萄藤與桃樹庇蔭菜，菜畦一個接一個，整齊排列

這個菜園幾乎是我的女友播種照料而來

有時我也會在這裡稍微巡視。因為工作很繁重

家庭婦女除了園圃之事，也還有許多職責
她得洗衣煮飯，接待訪客，如果賓客是酒醉的，
她的一天就會非常疲憊。
我的目光來回審視壯觀的菜畦；
確實，它們長得不差，天生的農婦或女園丁
也不會把它們養得更好了。看那紅蘿蔔
長得多麼純淨飽滿！我很少在用餐時珍惜它
不過在花園裡，我從來也不想錯過它
它的綠葉輕柔晃動，氣味濃郁
一隻高貴史瓦本尾蝶的綠色毛蟲在其上啃食
它飛舞的姿態時常吸引地上的我們
紅蘿蔔葉的香氣使我想起童年，那時
我在某些夏天，用它來餵食我的毛蟲
我也用自己堅硬的牙齒咬碎紅蘿蔔
遙遠的少年歲月！竟也在園圃之樂中吹向了
我的遲暮之年，苦澀又甜美地攪動、警醒
吹撫我正衰老的心
時不時，我會發現一株健壯的草
祕密地在肥碩紅蘿蔔的陰影之下茁壯
我的手在葉片中翻尋，攫住寄生的根
然後連根拔起，無情地把它丟進籮筐
這裡是香菜田──在我們這裡，它的名字叫
洋香菜。不過在冬天，這裡所有的綠色苗圃
都死去、消失，被十二月雪

冰冷覆蓋、草木不生

唯有洋香菜依然存在

它忠誠地保持綠意，有個屋簷在保護它，那是羅倫佐

用木竿搭建的棚，枯樹枝與蘆筍梗鋪在其上

直到今年，幾經衡量與操心

我們將這畝菜田擴大到第二個區域

先是將草地減去了幾步路的寬度，

羅倫佐開始掘土，並篩去多石的泥土

在冬天尚未過去的那幾日，他

埋入糞肥

在一個新開闢的地帶——番茄種植在此——

我前往造訪，進行必要的勞動，希望早些完成

最好在無花果樹蔭不得不讓位給升起的太陽之前

筆直的排列多美，我的番茄一共五列

（之所以說那是我的，是因為我就是種植它並保護它的人

一如其他蔬菜從屬於我的女友，它們的存在也

歸功於她）

番茄已經出落得亭亭玉立，它們飽滿多汁

儘管被樹葉包覆，我可以透露這個祕密——

我用潮濕鬆軟的泥炭填滿了每個根部

其中摻雜了少許人工肥料。試試看！

證實有效。

我說，它們在樹葉裡晶瑩多汁，樹葉狂恣地從多節的莖

向四方萌芽，新生的綠色果實，三三兩兩、飽滿鼓脹

埋藏在樹葉的綠蔭之下——很快地

它們會在樹葉中閃耀艷紅，成為夏日完熟的果實

不過，今天我的目光不在果實，而要特別關注

撐持植物的木條。它們全皆來自

鄰近的森林，大多是栗樹枝

不過也有洋槐，以及白蠟樹的細枝

它們跟人一般高，有少數比人還高

有些植物已經長得像樹枝那麼高

因為植物就像人類一樣，總有一些是特別健壯的

它們貪婪地生長，肆無忌憚地與鄰人為敵

很快地，它們高大的身形會使人驚嘆

它們的野心無可抑制，也會招人嘲笑

我小心翼翼地檢查細杆，確保它們每一根都挺立堅固

然後，我逐一檢查植物，手裡拿著小刀

因為還要修剪狂恣生長的枝枒，我保留其中兩三枝

其他的部分則移除掉

葉腋冒出無數的嫩芽

處處肆無忌憚地生長，我只留下一些

因為這些茂盛的草葉會揮霍它們的養分

接著，我從提袋裡拿出繩線，輕柔地

將上面的枝椏綁在細杆上，因為它們無法撐持住自己

它們長得如此快速，以至於每五天就需要

重新綁縛，所以我隨時都背著塞滿繩線的提袋

其他人使用樹皮綁縛，這樣看起來也比較美觀

但我從不缺繩線，出版社每天都寄包裹到我家

我收集那上面的捆繩

我悉心照料一列列的番茄

上午就這樣過去，樹蔭跟著消失

土壤蒸騰著熱氣，樹葉散發苦味

我身旁籮筐裡的枝椏幾乎沒有修剪，已然枯萎

而陽光正開始溫和地齧咬

工作尚未完成，我就離開日照的區域，貪婪地尋找樹蔭

我在廄房附近的桑葚樹下發現一處涼蔭

在這裡，我倒出籮筐裡的東西

雜草久久堆積如山，它們慢慢分解，回歸土壤

桑葚樹下的這塊地方，寬大的葉片給予庇蔭

使它隱蔽且受保護

一棵桃樹也在那兒，那是我自己種的

我將它綁在柱子上，希望它的枝椏還能長出一些果實

桃樹之下是一排山楂樹籬，那是園圃的地界

再往下是田間小路，雖然人跡罕至，但我有時卻

在草地裡或蹲或站，下方有人群走著

我幻想著四下無人，因為他們都看不見我

他們親暱交談，大抵是兩個婦人

在暴風雨的夜晚過後的清晨，到森林去收集枯樹枝

她們穿著沉重的農鞋緩緩走過，背上背著籮筐

她們時常停下來閒聊、大笑、訴苦以及說三道四

許多話我聽得清楚，其餘的談話漸漸消失在森林裡

直到剩下折斷枯枝的爆裂聲傳來。有時我也聽見

但我不會說出去，那劈下活生生的木柴

所產生的悶響——顯然有人偷偷攜帶柴斧

趁著安靜的清晨，違規砍下此處彼處的枝椏

或許還有一根小樹幹，一個可以增加儲備柴薪的

年輕樹幹……我讚美你，綠色的藏匿處

樹陰下的雜草成堆

有些時刻，我依然可以獲得愉快的安慰

當四周夏日炎炎

森林的鳥兒們沉默不語

一陣煩悶或憂傷把我推出房裡，工作的不順

一封無禮謾罵的來信，甚或一時灰心喪志

噢，你總是這樣熱烈地迎接我

數小時的時間，我沉浸在完美而神性的寧靜

連森林裡的一隻啄木鳥都聽不見。我感謝你給了我

一些夢與思緒，一些沉迷的幸福

有時我在這裡盤桓，一半消閒一半勞動

無聲地穿過花園的叢林與葡萄坡

我們那隻名喚獅子的貓走來

牠是我的朋友，我的小兄弟，溫柔地喵嗚叫

低頭在我的身邊磨蹭，牠的眼神帶著乞求

四肢癱軟在地，露出肚腹與白皙的喉嚨

要求跟我玩耍，牠也時常躍起，然後精準擊中我的肩膀

牠依偎著，輕柔打著呼嚕，逗留到滿意為止

其他時候，牠只在靜靜走經過時，跟我短暫打了招呼

牠若有所思，打算去森林做點事情，而後

以高貴的步態消失，我們的獅子，牠的母親是暹羅貓

牠在世上還有一位原本十分親愛的兄弟

名叫老虎，喉頭與肚腹是棕黃色的

然而，這對曾經親暱、形影不離的兄弟

過去分享同一個碗，同一個窩

如今牠們生活在苦澀的敵對中

自從童年時光遠走

雄性之間的激情與嫉妒便將他們拆散

現在我也逃到這裡，後頸被太陽曬紅

我的背部痠痛，雙眼憔悴，直到中午之前

我只想做些不費力的遊戲，讓自己恢復元氣、並且逗留

之前我從棚屋取出一個圓形的小篩子

我抓了一把紙張與打火機，因為我只要待在這裡

幾乎都會生火

人們偏愛火焰，是有歷史根源的

小男孩有喜歡點火的欲望

我們也可以回溯到亞伯或亞伯拉罕

火的獻祭，因為每種慣習

無論是美德或者惡習，都根植於遠古時代

它對每個人都有著特別的意義

譬如火對我來說（相較於許多其他的意義而言）

也有一種鍊金象徵的祭儀，用以服務神祇

於我而言，它意味著將諸多事物回歸於一

而我在此，既是祭司也是獻身者，我施法，同時也被施法

我將草木變成灰燼，幫助死者更快地

寂滅與救贖

我踩著贖罪的步伐，內心苦思冥想著

將萬念諸相回歸於一，降服於神的凝視

煉金術是這樣進行的，以火鍛燒金屬

使所欲提煉之物燒熱、冷卻

然後添加化學物質，等待新月與滿月

讓神使金屬幻化

使之成為最高貴之物，成為智者之石

虔誠的煉金術士，也提煉自己的內心

淬鍊出純粹的自己

化學變化如是發生，他冥思、觀想與齋戒

直到數天或數週後，練習終於結束

鍋爐中的金屬也為他淨化了靈魂

提煉了意識，他已經準備好進入神祕的合一之境

此刻，我看見你們在微笑，噢，朋友們，

我蹲在地上，給柴薪與煤炭搧風點火

你們大概會嘲笑這樣的我

童年時的我喜愛做孤獨的夢

孵化應該用寓言來裝飾與誇耀

親愛的，你們都知道我的意思，也知道

我是如何理解自己的創作

赫塞與愛貓。君特・波美爾的鋼筆畫作。

它並不是一種辯解，卻是一種自白

你們包容著我幻想……

我在樹籬與蔓草間的陰影蹲伏著，我劃開火柴

讓紙張燃燒起來，零星放進一些禾稈與樹葉

然後放進更多，先是乾枯的，最後連翠綠的也都丟入了

之後來到秋天，我喜愛的是明亮燃燒的火焰

然而現在，由於天氣太暖、缺乏柴薪

（要等到之後的秋分風暴才會有）

我想法設法，讓火焰悶燒，靜靜發出微光

我照顧著這靜靜吐出煙霧的木炭堆

讓它持續半天或全天微火閃爍

由於我身上發出煙味，也因為我偏好生火

因此我的妻時常喚我「炭伕」，用來表示

儘管她並不參與，卻非常包容我做這件事

那種容忍超越了一般限度

為此我在火的祭儀中對之深深感念

今天她出門在外，在山谷的城市裡，她在盧加諾

炭伕相信許多事情，我承認其中點──

焚燒土壤帶給我許多；我卻覺得今天的人們

已經不這麼做了，化學找到了其他的方法去改善土壤

為它分解油脂與酸性

時至今日，再也沒有人有時間坐下來

去焚燒土壤──誰付工資給他呢？

但我是一個詩人，我用我的些許困乏作為代價

用一些犧牲作為代價，神允許我

不只生活在我們的時代，也讓我時常擺脫這時代

使我得以在屋裡呼吸天地之間那超越時代的空氣

這樣的感覺，稱為迷狂，或是神性的瘋癲

過去人們時常這樣，今天卻已蕩然無存

因為時間顯得如此寶貴，蔑視時間就是一種惡習

我說的這種狀態，專家們稱之為「內向性」

那是一種弱者的行為，他們逃避生命的責任

他們在夢中的自我享受中迷失、貪玩著

沒有一個成年人認真看待他們

不同的人物與時代會推崇不同的價值觀

人各有所好

但是，回到土地吧！我說的是燃燒土壤與煤炭

這些事情，我是如此喜愛，今天卻已不再風尚

從前人們曾經相信，人類可以透過焚燒土壤

使它變得健康、肥沃，譬如我所推崇的一位作家

史蒂夫特[32]，他說園丁「焚燒」各種土壤

因此我也試著

從垃圾當中，焚燒根莖與草木

然後全部與土壤混和，產生的灰燼

有深有淺，有紅有灰

---

32 史蒂夫特（Adalbert Stifter, 1805-1868），奧地利作家、詩人、畫家。

赫塞園中焚土。君特 ‧ 波美爾的鋼筆畫作。

它們在火堆下的地面之上

像最精緻的麵粉或粉末

這些嚴密篩過的土壤，對我來說就是智者之石

那是野火燒盡之後的收穫與甘美的果實

我用一個小鐵桶將它帶走，然後節制地撒在花園裡

只有最愛的花朵，以及妻子的小花園

才值得我分享來自冥想之火與犧牲者之間的

崇高收穫。今天我依然隱身。

我像個中國人那樣蹲著，草帽低低壓在眼眉之上

我悉心照料悶燒的微火，交替添進或乾或濕的柴薪

我在這裡收集的所有草木堆疊成丘

它們再次經過我的手

那裡有各種的草葉與雜草，以及菜圃中的寄生蟲

破土而出的萵苣與綠色黃瓜之間，時常可見一根木頭

以及夾在上面的紙片

那代表了曾經的一塊菜圃已經被播種了

這種方法早已不被採用，而且過時了

就像長輩的智慧與聖賢的文章那樣

今日早已過時，有些人用雙腳踐踏

並且笑它們，一如嘲笑草木堆疊的垃圾堆那樣

對於深思者、閒遊者、夢想家與善感者而言

它們充滿價值，對，那是神聖的

就像所有的人類心緒在觀想之中感到安寧

然後化為謹慎之人的熱情與動力

然而，我們也必須能夠克制那股激情、那些激烈的慾念

去改善人類、教化世界，用理念塑造歷史

因為我們的世界，不幸已誤入歧途

菁英的高貴靈魂，他們的慾念，就像所有其他人的慾念

最後也帶來了流血、暴力與戰爭

當世界被粗野激烈的慾念所宰制

對智者而言，智慧就留在煉金術與遊戲當中就好

我們要知足，即便在這令人難以忍受的時代

也要用寧靜的靈魂來面對世道

那是古人讚美與追求的，我們行善

卻並不急於移風易俗——這其中自有積極的意義

炎熱的正午寂靜地籠罩在四周

遠方傳來深谷市街的聲響

車輪滾動，偶爾夾雜著火堆劈啪

除此之外，空氣中沒有一點其他聲響

當火焰燒乾樹根，貪婪地吞噬它時

我靜定地跪在地上，卻不是全然地閒適

雙手溫柔地將灰燼放進美麗的圓篩子

那是前幾次生火留下的，我把它跟泥土混在一起

那是溫暖潮濕、垃圾堆底下的舊泥土

微微散發著發酵與腐爛之氣

我抖動著手裡那鬆軟的混合物，篩子底下於是

由最細緻的灰土形成一個小錐形。我不由自主地

在抖動篩子的時候陷入了恆定的節拍之中

從節拍之中卻又喚起一種永不褪色的回憶，一首曲子

我還不知道曲名與作者，就跟著哼唱起來

最後我突然想起——

那是莫札特的音樂。

那是一首雙簧管四重奏⋯⋯

然後我就興之所致，開始一場聯想遊戲

名叫「玻璃珠遊戲」，我已勤練多年

那是一個美麗的發明

它的骨架是音樂，基礎是冥想

約瑟夫・克內希特[33] 在這部分堪稱大師

我之所以習得這美好的想像，都要歸功於他

愉悅的時候，它是遊戲與幸福

痛苦混亂的時候，它是慰藉與深思

現在我在火堆旁，我時常手持篩子

開始玩玻璃珠遊戲

即便我的技巧遠不如克內希特

當灰土慢慢積聚成錐形，粉末自土篩流瀉

在這機械性的過程中，如有必要

右邊冒煙的火堆需要添柴，或是用泥土重新填滿篩子

巨大的向日葵花頭，從廄房那邊俯看著我

---

33 約瑟夫・克內希特（Josef Knecht），赫曼・赫塞小說《玻璃珠遊戲》中
的主人公。

葡萄藤後面的遠方，洋溢著正午的湛藍

這時，我聽見音樂，看見古人與來者

我看著智者、詩人、學者與藝術家

在有千百道門的精神聖殿中齊心建造——

之後我會好好描述它，現在時候未到

不管它來的時間是早是晚，或根本不來

每當我需要安慰，約瑟夫‧克內希特的

這個充滿意義的遊戲，就會使我成為古老的東方行者

穿越時間與數字，神遊於諸神弟兄之間

祂們和諧的合唱，也接納著我的聲音

聽啊，一個鐘頭之後，一個短暫的永恆

溫柔地搖醒了我，那是一陣輕巧的聲音

那是我的妻，從家中呼喚我，從城裡購物歸來

我回應著她，然後起身，將手中最後捧起的原料

放進我那煉金的爐火之中

我將篩子放進棚屋裡，在落日餘暉中

踩上我們蜿蜒的小徑，沿著上坡

來到礫石的庭院與家中，好跟她打招呼

並且承諾她，為她偏愛的花朵

為她的罌粟與翠雀，提供顏色最深的灰土，作為肥料

突然間，我感受到灼熱與疲倦，於是沿著階梯拾級而

躲進屋子的涼陰，才剛剛洗過手

我的妻子已經邀請我上桌

赫塞巡視花園

給我舀湯，說起城裡的故事，還說是時候

下次讓我陪她進城去，我的頭髮已經長到後頸那麼長

得讓人給我剪頭髮，畢竟我得人模人樣

而不是森林裡的妖精

接著，她無視於我的抗拒

向我探詢了花園的事情，很快地

我們陷入了熱烈的討論

究竟今晚是否該為園子進行全面或大部分地澆水

（這份工作需要數小時，而且確實不是什麼易事）

是否剛剛下過的雨會留下一些潮濕的東西

我們最後都接受後者

好讓我們的晚餐用紅黃相間、可口的覆盆子

為這一天滿足地畫下句點

——於一九三五年

35. 桃樹

　　夜裡焚風甚烈，它毫不留情地吹過容忍的大地，吹過空曠的田野與花園、乾枯的葡萄藤與禿樹林，它拉扯每根枝椏與樹幹，呼嘯著面對所有阻礙，使無花果樹的枝幹劈啪作響，將枯葉高高捲起，如漩渦般的雲朵。清晨，它們被風掃得乾乾淨淨，在每個角落與擋風的牆角積聚成堆、服服貼貼。

　　我來到這座花園時，發生了一件不幸的事。我所種植的最大的那棵桃樹倒在地上，接近泥土的樹幹已然斷裂，臥倒在陡峭的葡萄坡上。這些樹木並非高齡，也不屬於巍峨的那種植物，它們嬌柔、易受影響，受傷的時候會反應過度，它黏稠的樹漿來自高貴繁盛的血脈，源遠流長。倒下的那一株樹，並非多麼高貴或者美麗，卻是我所種植過最大的一株桃樹，它是我的舊識與老友，友誼比我在這塊地安家落戶的時間還要久長。每年到了三月中旬，它就會初綻蓓蕾，在藍色的晴空下，泡沫般的粉紅花冠顯得充滿力量；灰色的雨天，則映襯出無盡的溫柔。在清新的四月天，它被變化無常的狂風吹得四處搖盪，黃翅蝶彷彿金色火焰，在其間翩翩飛舞，它抵抗壞惡的焚風，也在灰色潮濕的雨季裡靜默佇立，像在沉思。它輕輕地彎下腰，從腳邊往下看，每個下雨的日子，陡峭葡萄坡上的草，就會顯得更綠意盎然、更加肥沃。有時我會從那株桃樹摘下一根開花的枝椏，帶回家，放在房裡，有時果實沉甸甸、即將落下，我會用支架撐住它；有時，一如早年時候，我私心決定試著將它開花的繁盛時光畫下。一年四季，它都

佇立在那裡，在我的小世界裡擁有自己的角落，以此為歸屬，陪我一起度過燠熱與冰雪、風暴與寂靜，它的音調使我作曲，它的聲響使我作畫，它漸漸長高，攀越了葡萄架，蜥蜴、蛇、蝴蝶與鳥類代代更迭，它始終活著。它並不獨特突出，也不怎麼引人注目，但卻是不可或缺的。在它開始成熟的階段，我每天早晨會從階梯小路旁微微繞道，去探望它，從溼潤的草地撿起夜裡落下的桃子，然後把它放進口袋、提籃或者帽子裡，走上階梯帶回家，將它們放在露臺的欄杆上曬太陽。

這個原本屬於我的舊識與老友的地方，如今破了一個洞，小世界於是有了一個裂隙，透過它，可以窺見空洞、陰暗、死亡與恐懼。斷裂的樹悲傷地躺在那裡，木質看來腐爛、有些浮腫，枝椏在倒下之際就折斷了，原本兩個星期後該要開滿桃紅的春花，迎向或藍或灰的天色。於是我再也不能從它身上折下枝椏、摘下果實，再也不能試圖描摹它枝椏交錯的、有些奇異的獨特結構，再也不能在炎夏正午從階梯小路旁繞過去看它，在它薄薄的樹蔭下歇息片刻。我把園丁羅倫佐喚來，要他把倒下的樹木抬到廄房裡去。他將會在下一個雨天，沒有其他事情忙的時候，將它劈成柴薪。我苦惱地目送他。啊，就算是樹木，也沒有所謂依靠，它也是會消失、撒手死去、丟下我們不管，消失在那邊一整片的漆黑之中！

我看著羅倫佐吃力地拖著樹幹。再會吧，我親愛的桃樹！我為你感到慶幸且讚美──至少你死得莊嚴體面而自然，你堅持著，抵抗到最後一刻，直到勢力龐大的敵人將你的四肢從關節處扭斷。你不得不屈服，最後只有倒下，與自己的樹根分離。但你

並不是被飛機空投的炸彈所炸裂，也不是被惡魔的強酸所腐蝕，你不像那數百萬棵樹木，從故鄉的土壤被連根拔起，根部還在流血，很快地又被栽種，不久之後又被重新打包，被逐出故土。你不需要親身經歷滅亡、摧毀、戰爭與侮辱，也不需要死於困厄。你擁有一種命運，那是你這樣的人應有且適合的命運。我為你感到慶幸且讚美，你以更美好的方式老去，並且比我們死得更有尊嚴，從前我們都要抵抗那個髒汙世界的毒與苦，並且在這腐敗噬人之世，爭取每一口乾淨的呼吸。

當我看見那棵樹倒下，我一如既往地想著那份損失，該拿什麼來彌補替代。我考慮種植新的植物。在樹木倒下之處，我們會挖好一個坑洞，讓它暴露一段時間，接受陽光、空氣與雨水的洗禮，隨著時光流轉，我們會在坑洞中丟進糞肥、雜草堆肥，以及各種草木焚灰混合的殘渣，然後有一天，大抵是在下著溫暖微雨的時刻，種植一株新的幼樹。對於這株幼樹、這個樹之子而言，這裡的土壤與空氣稱得上舒適愜意，它將會與葡萄藤、花朵、蜥蜴、鳥兒與蝴蝶成為友伴與芳鄰；它會在幾年後長出果實，會在每年春天、三月的後半開始綻放可愛的花朵。如果它受到命運的善意眷顧，有天就會變成一株老態龍鍾的樹，然後在某次風暴，或者山崩、雪崩之中，倒下犧牲。

但這次，我實在無法下定決心去補種那棵樹。這輩子我已經種了非常多棵樹，再種一棵也無所謂。只是我的內心有些抗拒，不想在這裡也增加新的循環，啟動新的生命之輪，給貪得無厭的死神豢養新獵物。我不想這樣。這地方應該就這樣空著。

——於一九四五年

voll Blüten

36.園丁作夢

夢中仙子在魔法盒中裝了什麼？
首先是堆積如山的上好糞肥！
然後是一條雜草不生的路
一對不吃小鳥的貓咪

也還有一種粉末，撒上它
蚜蟲就會幻化成薔薇
洋槐會變成棕櫚樹林
植物收成之時，我們收穫甚豐

噢，夢中仙子，請給我們清水
灌溉我們所播種、植栽的每個地方
請給我們從不兀自開花的菠菜
以及一輛會自己移動的推車！

還有──一種更可靠的滅鼠藥
一種對抗冰雹的氣象魔法
一個從廄房到屋舍的小電梯
以及每晚一副嶄新的背脊

37. 反璞歸真

　　這幾天，我上午都會在讀完收到的郵件之後，到花園裡去。我說是「花園」，實際上是一個相當陡峭、荒蕪的草坡，有些葡萄藤的露臺，上面的葡萄藤在我們年邁的短工照料下，長得非常好，其他地方則有爭相變回樹林的趨勢。這個地方，兩年前還綠草如茵，現在則一片稀疏，取而代之的是盛開的銀蓮花、玉竹、四葉重樓、黑莓、石南花，當中處處是毛茸茸的苔癬。這些苔癬及其周圍的植物，本該被綿羊吃掉，土壤被羊蹄踩實，才好將那片草地救回來。但我們並沒有綿羊，也沒能給那片獲救的草坪施肥。於是，藍莓果與它同伴的根系，就這樣年復一年地深入草原之中，使土壤再度成為林地。

　　我會隨著心情，以或懊惱或娛樂的態度來看待這場反璞歸真。有時我積極著手拯救垂死的一小塊地，用耙子與雙手襲擊蔓生的野草，毫不留情地將窘迫草叢間那層厚厚的苔癬耙出來，我將黑莓連根拔起，採集滿滿的一小藍，我自己並不相信這樣會有什麼用處，好比這些年下來，我的園圃工作變成一種隱居者的消遣，卻沒有實用意義；它只對我一人產生實質意義，也就是在個人保健與民生層面。每每我頭疼，或眼睛疼得承受不住，就會需要機械式的工作來轉換心情，作為一種身體的調節。為了這個目的，長年下來，我給自己發明了園藝與煤炭生火這樣的假性勞動，它們不僅可以幫助身體的調節與放鬆，也幫助我進行冥想、編織幻想，並且專注於靈魂的思緒。——有時我會刻意阻礙草地變成

樹林。或是我會站在那面土牆前，那是我們二十多年前在這塊地的南緣親手堆砌起來的，裡面有泥土與無數的石頭，那時候我們為了防止林地的擴散，在地上挖起了防護的溝渠，那些土石就這樣連帶被挖出來，用以砌牆，而牆上還曾經種過覆盆子。如今，這面牆被苔癬、森林野草、蕨類植物與黑莓覆蓋，幾株魁梧的樹屹立在那裡，尤其是一棵綠葉成蔭的椴樹，彷彿一座前哨站，佇立於慢慢進逼的林地之前。在這個特別的上午，苔癬與灌木、蔓草與林地，全都與我無關；我帶著驚嘆與歡愉的心情，看著野生植物世界繁茂生長。草地上處處是鮮嫩的水仙花，它們含苞待放、花瓣飽滿，花萼還閉合著，尚未轉為白色，仍帶著小蒼蘭的淡黃色。

我慢慢地穿過花園，端詳著玫瑰花新生的葉片，它們色澤棕紅，被早晨的日光照耀，

還有大麗菊，它剛從花盆被移植到土裡，莖稈仍然光禿禿；頭巾百合有著不可遏抑的生命力，它肥碩的莖向上伸展著。我聽見那位勤懇的葡萄園丁，羅倫佐澆水的聲音，他正在山下的田地裡，澆水壺匡噹作響，我決定去跟他說話，與他共商園圃大計。我沿著下坡的露臺石階慢慢拾級而下，身上有一些工具裝備，我為草地中的葡萄風信子感到高興，多年前，我曾經在這個下坡地撒下數百顆種子；此刻我考慮著，今年該將百日草種在哪個苗圃中，這時我滿心歡喜地看見美麗的桂竹香正在開花，同時也不悅地看見上面雜草堆肥四周，那枝條圍成的籬笆已經有了裂口與空隙，堆肥上面覆滿了美麗山茶落英的紅色花瓣。我逕自往下走去，

來到平坦的菜園，跟羅倫佐打招呼，跟他與他太太問好，交換了一下對於天氣的看法，然後就此開啟計畫中的話題。我說，好，看來要下雨了。年紀跟我幾乎一樣的羅倫佐，卻倚著他的鏟子，眼睛斜睨了一下飄移的雲朵，然後搖搖他白髮蒼蒼的頭。今天不會下雨。你永遠不會知道答案，無論如何，總有意外的驚喜……他再次斜睨地望著天空，這次搖頭更有力了，他說，「不會下雨的，先生。」然後就結束了關於雨的對話。

我們正聊到蔬菜，聊到剛剛種下的洋蔥，我讚美一切，然後才切入自己所關切的話題。上面那堆肥的圍籬大概撐不久了，我建議整修，當然不是現在，現在大家都忙，手邊有太多事情，也許秋天或冬天來整修？他同意了，我們認為，要是他開始這項工作了，就不能只是把綠色栗樹枝條重新再綁一遍，連同木樁也要換新。儘管它們應該還能再撐一年左右，但換過還是比較好的……對，我說，既然我們都談到了植物堆肥，對我來說比較好的是，秋天時，他別再把優質土壤全都丟進上面的苗圃，而要留給我一些，至少要幾個手推車那麼多，讓我放進階梯兩旁的花圃。好，那我們也不能忘記今年要擴大種植草莓，清除最底下樹籬旁的那已荒疏多年的草莓苗圃。就這樣，我跟他一下子想起這，一下子想起那，都是些對夏天、九月、秋天有益且有用的事。我們把一切都討論過一輪之後，我就繼續走，羅倫佐繼續忙活，我們倆對討論的結果都很滿意。

我們倆都沒有意識到其實我們彼此忽略了一個十分熟悉的現實，它足以干擾我們的談話，或是讓討論的事情變成泡影。我們之間的協商是簡單的，而且我們信任彼此，或說是太過信任了。

羅倫佐也跟我一樣清楚知道，這樣的談話，當中包括他縝密的籌備與計畫，但是在我跟他的記憶中，都不會留下來，因此不用兩個星期，我們倆就都忘了這件事，而植物堆肥的圍籬修繕，以及擴大種植草莓的事情，也還有幾個月的時間。我們在早晨的那次交談，背景的天空不是適合降雨的那種，它是唯一的，它依自己的意志而去，它是一場遊戲、嬉遊的樂曲，它是一場純粹且沒有結果的美學活動。能夠這樣看著羅倫佐那張善良老邁的臉一會兒，並且成為他的社交對象，我覺得非常有趣。他的社交方法，往往會跟對方之間築起一道饒有禮貌的防護牆，這樣就不用多麼認真地把對方當一回事。此外，我們年齡相仿，彼此的感情有如兄弟，要是我們當中有人瘸了一腳，或是手指腫起來、做什麼都困難時，儘管沒人會把這件事情掛在嘴邊，但另一個人將會心一笑，帶著微微的優越感，這次還包括了某種補償心理，因為彼此是有歸屬感與同情心的，這是他們友誼的基礎，儘管各自也不排斥自己是相對老當益壯的那一位，但是，只要想及對方有天可能早他一步離開，早生的遺憾不免透露出來。

　　每次跟羅倫佐交談，我就會忍不住想起娜塔莉娜，她已經入土十年有餘，她過世之後，有一回，我在花園裡進行閒暇的園藝消遣，初次感到自己的空虛與無用，這種感受與日俱增，變得如此熟悉。順道一提，有關園圃之事，娜塔莉娜跟羅倫佐的意見永遠相左，他們不是朋友，而是像批判的競爭對手，帶著警覺、不信任與嘲諷的眼光看著對方。他是農夫，做粗重的活，他的工作是掘地、砍樹、舀水、搬運石頭，以及把木樁削好之後釘進去。而娜塔莉娜，她卻是嬌小玲瓏，機靈且能言善道的，在照料植物

作為園丁的赫曼・赫塞。
漢斯・烏利希・史蒂格 (Hans Ulrich Steger) 的漫畫。

赫塞整理園土

這方面，她就像在廚房裡烹飪一樣出色。經過她的巧手照料，無人看顧的枝條與殘根也能繁榮，花園裡隨處可見她遺留下來的精湛園藝，彷彿紀念碑——一朵古典的百葉薔薇，一朵巨大的繡球花，幾朵壽誕玫瑰，以及美麗的白色百合。她令人難忘，在我們的最好的時光裡，她忙照料與美化一切，在我隱居歲月裡，她是我的家神，結婚與蓋房子之後，她是我們忠實的家管與伴侶。啊，她多麼懂得表達！她的用詞精準，句子簡潔美麗，無論是孟佐尼 [34] 還是佛加扎羅 [35]，恐怕都要自慚形穢。她的一些經典名言，到今天我們有時還會引用。好比那隻紅棕色的大雄貓，她在房子蓋好的時候，跟人借來幾天，帶到家裡來，有幾隻老鼠需要透過牠獵捕，結果牠一下子就跑了，根據娜塔莉娜的說法，牠是被我們新居的富麗堂皇所驚嚇。「Ma lui, spaventato di tanto lusso, scappava.」（義大利語）。德文的意思是——牠呀，被這麼多的奢華嚇著了，於是逃之夭夭。」

——摘自〈復活節記事〉，一九五四年

---

34 孟佐尼（Alessandro Manzoni, 1785-1873），義大利作家。
35 佛加扎羅（Antonio Fogazzaro, 1842-1911），義大利作家。

38. 耶穌受難日

這天，烏雲密布，森林裡還有雪
烏鴉在枯樹歌唱——
春之氣息膽怯地顫動
因慾望而腫脹，因疼痛而苦悶

小小的藏紅花與紫羅蘭，它們簇擁
在草地裡默默佇立
羞怯地散發香氣，卻不知道
空氣中有死亡與節慶的味道

樹木的嫩芽盲目承接淚水
陰暗的天幕低垂
而所有的花園與丘陵
都成了客西馬尼園 [36] 與各各他山 [37]

---

36 客西馬尼園（Gethsemane），耶路撒冷之果園，耶穌於受難前夜，與門
　徒最後晚餐之後，曾前往此處禱告。
37 各各他山（Golgatha），羅馬統治以色列時期耶路撒冷城郊之山，為耶穌
　受難、被釘十字架之地。

赫塞遠眺。於一九五四年。

39. 幾頁日記

　　時序已是盛夏，時常下起激烈的雷雨，天氣有些陰晴不定、反覆無常，但是草木活力充沛，栗樹的花朵生長得非常繁茂，漿果也好幾年沒像現在這麼豐盛了。我走出家門，想讓眼睛休息，於是在戶外待了一會兒，我站在底下的花園裡，在籬笆附近的生火處，看見步道上落滿長長一列的黑色大桑葚。我把炭火的材料整齊堆放，有許多紙張可供焚燒，我迴避進屋，心裡有些過意不去，因為大家都忙著準備慶祝，明天是我的生日，其實好幾天前就已經開始——我陸續收到大量的信件、印刷品、書籍包裹，以及一些朋友送的禮物；門口堆著一箱紅葡萄酒，產地是吉爾斯堡南坡的聖地。還有幾個捲筒，裡面有繪畫作品、銅版畫與樂譜，大部分是歌曲的樂譜。史瓦本畫家雨果‧蓋斯勒[38] 寄來一幅美麗的房屋風景畫，那是我五十年前在波登湖蓋的房子；樹木與籬笆都長大了，但我還是認出所有的一切，並且想念那段時光。那時，我在這幢新蓋的房子與剛建好的花園裡，時常有年輕的史瓦本詩人馬丁‧朗[39] 來作客，和我一起工作。啊，那些郵件與包裹，也有一份是他寄來的，那是一篇童話般的文字，題獻給我，但不再是由他親自寄給我了，這個從來不生病的人，最近突然就這樣病故而去。他是史瓦本山區的教士之子，是我的青梅竹馬，使我的

---

38 雨果‧蓋斯勒（Hugo Geißler, 1895-1956），德國畫家。
39 馬丁‧朗（Martin Lang, 1883-1955），德國作家。

生活增添明亮的色彩，我們一起閒聊、賦詩、發明奧普里迪[40]的神話、在花園裡勞動、喝葡萄酒、放煙火，還有捕蝴蝶。這一年，我有多少朋友被帶走！不過，現在我想起他們並不悲傷，他們繼續活著，音容宛在，栩栩如生地穿過我的思想與夢境。

　　我點燃火堆，忙著處理那那高高堆起的柴薪，上面的樹枝仍透著綠色，有些是上次嚴重的暴風雨過後留下的殘枝，大多則是春天時林務局在我的樹林裡大規模撲殺所造成，處處可見成堆的樹枝與樹皮，柴薪足以生火數百回。我把今天要燒的東西折碎，然後把比較厚實的部分挑出來，作為冬天的儲備。我陸續折斷枝椏，逐漸忘了在上面等待我拆封的祝賀郵件，畢竟逐一拆封也需要很長一段時間。每每要打開信件，我就誠惶誠恐，而後心裡又升起一種歡樂的感受，那感覺近似於小時候慶祝生日前的那份期待與盼望，那時候的生日並沒有來信，禮物則有一團魚線、幾頁書寫的紙，還有一個小玻璃罐，裡面裝了滿滿的蜂蜜，由腓特烈叔叔開的店出品。這些禮物擺放一張小桌上，旁邊還有一個圓形的櫻桃蛋糕，上面許多點亮的蠟燭，宣告著我的歲數，母親拉著我的手，領我到小桌前，我們大家一起唱生日快樂歌，在歌聲裡，鸚鵡波麗也發出雙簧管般的歡呼。要是讓人再經歷一次這些，那顆年邁的心恐怕就要炸開。

　　然而，歡樂與驚奇並沒有結束。當我起身，取些木柴來添火，一邊想起遠去多年的摯愛的逝者們，這時，有個陌生的東西如一道金光，從夏日清晨的藍色天際射下，它的身上閃耀著明亮的黃

---

40 奧普里迪（Orplid）是德國詩人愛德華‧莫里克（Eduard Mörike, 1804-1875）作品中的幻想國度。

綠色，嗡嗡地從我的頭上飛過，然後消失在山楂樹叢中，卻很快地又飛回來，坐在我腳邊的樹枝上——那是一隻鸚鵡，不知道是從哪裡逃逸而朝我飛來，一個來自美麗世界的外來者。

「啊，你是打哪兒來的呀？」我問他，很慶幸自己在年少時學會跟鸚鵡說話。那隻閃閃發亮的漂亮鸚鵡雖然只聽懂一半，因為我說的是我家波麗鸚鵡的語言，牠是一隻非洲的紅尾灰鸚鵡，有語言天賦又有智慧，牠待在我們家已經超過二十年，是我們的居家良伴。儘管波麗講的方言跟這隻黃綠色的鸚鵡不盡相同，但我講的都是鸚鵡國的語言，因此這個外來者對著我抬起牠的小腦袋，用探詢的眼神望著我，而當我俯身靠近牠說話時，牠毫不畏怯地看著我點頭，一雙小眼睛閃耀著光，乖順地聆聽我的問候與詢問，然後啾啾地唱出各種短促的頓音，作為回應。牠開始在地上尋覓飼料，走到離火堆很近的地方，感覺對煙霧並不抗拒，不過，那些晶瑩剔透的桑葚，我給牠摘來，放在牠的嘴邊，牠卻不屑一顧。於是我繼續自己煤炭生火的工作，手裡拿著一根長長的栗樹枝，想把它弄碎，獻給火堆，這時，鸚鵡朋友飛起來、躍入空中，最後坐在我手中的樹枝頂端，逗趣地俯視著我，我輕輕地上下揮動樹枝，牠毫不抗拒。許多年來，我在這個地方，無論是一年或者一天當中的任何一個時間，都有著無盡無垠的觀察與體會——烏鴉的到訪，有幾次是刺蝟或蛇，有一次是一隻笨重的胖烏龜。然而，我卻從來不曾遇過像這樣可愛、童話般不真實，卻又如此親近的東西，這場來自遠方原始森林的到訪，興許十分鐘吧，那座原始森林，源自懂得鳥語的遙遠童年——抑或是皮克

多 [41] 天堂的森林呢？那座森林給我送來歡樂疾飛的鳥兒。這位鸚鵡先生就站在我們的樹枝上，讓我溫柔地搔牠幾回，然後牠玩夠就飛走了，先是飛進樹籬，然後飛到樺樹、而後遠去。

我發生的這場冒險，以及事後印在腦海中的回憶，那些共鳴、思緒與幻想，如果要寫下它們，會需要好幾天的時間。那是不可能也沒必要的事。那隻黃綠色的異國動物離開過後許久，我才漸漸地從那場魔魅恍惚地回過神來，這時我才又想起上面的一切都在等著我。我開始收拾耙子、泥灰篩與園藝剪刀，把籬筐背在背上，慢慢往炎熱的坡地走，行經葡萄藤，然後一路往上。我把我的東西擱在工作室的露臺上，然後伸手去拉門把。而這夢一般的、歡慶的早晨，它的魔法竟然尚未耗盡。

在這個露臺的其中一個花崗岩柱上，有一株玫瑰花長得奇高，它早已過今年的花期，它的腳邊則有一小叢茂盛的野生植物如觀音蘭，以及變得太成熟的頭巾百合，一星期後它就要進入花期。從這個綠葉的角度看出去，日光非常刺眼，有些陰暗的東西，寂靜朦朧地往上飄去。那並不是鳥，那是一隻蝴蝶，而且是在這裡越來越稀有的柳胥蝶，我大概有三、四年的時間不曾見過這樣的蝴蝶了。牠才破繭而出不久，長得又大又美，在我的眼前翻飛，飄走之後又回來，牠試探地嗅聞我，圍繞著我，最後在我的左手停下。牠坐在那裡，收攏翅膀，顯出翅膀底部煙灰的濁色，然後張開雙翅，深邃的紫褐色完全展現出來，翅膀邊緣的顏色是拿玻

---

41 皮克多（Piktor）是赫曼・赫塞（Hermann Hesse, 1877-1962）童話故事〈皮克多的蛻變〉（Piktors Verwandlungen, 1922）中的主角。

里黃，一排美麗的藍點，地羅列於泛著卡普特紅的暗沉與亮彩的邊緣之間，顯得高貴而不張揚。它隨著靜靜呼吸的節奏，讓美麗的雙翅緩慢開闔，它用細髮般的六隻小腳，緊緊抓住我的手背，一會兒又在我絲毫沒有察覺的情況下離開，往熾熱明亮的天際飛去。

—— 於一九五五年

40. 凋零的樹葉

每朵花都會結果
每個早晨都會變成日落
永恆不在世上
萬物流轉，萬物奔逃

即使最美的夏天
終究要體會秋天與凋零
葉子啊，你等等，寂靜且耐心地
風會把你擄走

玩你的遊戲吧，別抗拒
讓它靜靜發生
讓吹折你的風
將你吹回家園

41. 小老虎

我孤獨地佇立，無法理解
樹木蹇窒，花朵沉著地微笑
我的每一步都腐壞　我在世上的興致都消散
小老虎，我的玩伴，長得跟我一樣的兄弟
你沒聽見我說話嗎？

沒了老虎，我該如何是好？
沒有了你，最美的事物
也不如糞便或老鼠的尾巴
你應該擁有每隻老鼠與蜥蜴
擁有一切心中渴望的
我會為你挖出鼴鼠與甲蟲
你該同我進到每個禁忌的房間
美妙地做那些被禁止的夢

但請別讓我孤獨佇立
在森林裡，這裡蕨類搖曳
蜘蛛穿過金雀花爬行　它聞起來太像鳥類
我是不是永遠失去了你？
難道你沒聽見我的哀歌？
難道你不是我的孿生兄弟？
我親愛的兄弟，回來吧！

赫塞與愛貓

42. 給君特・波美爾的花園小記

親愛的吾友！

連著幾個星期下來，天氣變得溫暖乾燥，積雪都融化了，剩下森林邊緣留有一些殘雪，差不多可以開始進行早春時節初步的清理工作了。羅倫佐完成了葡萄藤的修剪與捆綁工作，幾支緊實的新木樁白得發亮，冬日的草地貧瘠蒼白，處處可見小小的黃色報春花開心地笑。

在花朵的露臺之上，去年種的大麗菊與百日草都還在，它們在左下方往硬地滾球道的路上，葡萄藤搶走了花朵需要的陽光，於是就被我狠心清除了。在這漂亮清爽的露臺上，我連續十天都在焚燒樹葉與樹枝。這材料，都是一個名叫「鳥」的園丁工頭[42]從各種步道、田畦等地運來的。在硬地滾球道上，落葉已經累積了八十到一百個籬筐，其中大約五十個籬筐已經處理完畢。落葉堆顯得十分蓬鬆乾燥。但是如果把上面那層樹葉挪走，你就會發現下層仍是一片潮濕，一部分還厚厚地黏在地上。為了不讓球道因此朽壞，就得多次耙地，使它乾燥，最底層的樹葉，幾乎是一片一片取出來的。

---

42 赫塞在一篇自傳體童話〈鳥〉（Vogel）當中，以此虛構的名字自居，故事講述一個被放逐的人的冒險。

赫塞與畫家君特‧波美爾。君特‧波美爾的鋼筆畫作。

當我這個園丁工頭正在勞動時，「獅子」偶爾會坐在我的背上。不過，牠跟「老虎」一樣，生性緊張膽怯。牠們倆都正值青春期，身體變得又瘦又長。而且這幾天，出現了一個敵人與競爭者。來自雷利奇[43]的維甘夫人[44]，她現在住在我們家，並且把她那隻漂亮的安哥拉貓裝在籃子裡帶了過來，我們家那兩兄弟對牠排斥、害怕或嫉妒，所以安哥拉貓只好單獨生活，分開餵養。我本想跟妻子以心理分析的方式解釋這種情況，這時她問我，是否真的相信那兩隻瘦貓注意到了，那隻新來的公貓是高貴的純種？她懷疑那隻公貓是否知道自己是這樣的來歷。我於是回她：「難道妳以為，豪普特曼[45]不知道自己是安哥拉等級的作家嗎？」

工作室窗台外的那一大株仙人掌令人憂心，今年它第一次在戶外過冬，儘管它已經有個漂亮的遮棚。我們還不知道它是否能安然脫險，還是會被凍死⋯⋯

現在我得工作了，在此致上誠摯的問候。

赫曼・赫塞

一九三四年二月二十日

---

43 雷利奇（Lerici），義大利北部濱海小鎮。

44 此指伊蓮諾・維甘（Frau Wiegand），赫曼・赫塞好友、出版家亨利・維甘（Heinrich Wiegand, 1895-1934）的妻子，於 1934 年 1 月 28 日丈夫死後，投宿於赫塞家中。

45 豪普特曼（Gerhart Hauptmann, 1862-1946），德國劇作家和詩人。

43. 千年之前

我揣揣不安，渴望旅行
自破碎的夢境醒來
我聽見夢中智者在我耳邊低吟
夜晚婆娑的竹林

我不再躺臥歇息
而讓自己逸出陳舊的軌道
墜落，飛奔
往無垠之處旅行

千年之前，曾有
一個家鄉、一座花園
在鳥塚的田畦之上
藏紅花從雪地裡凝視

我想振翅飛翔
擺脫束縛、衝破藩籬
回到那些
今日仍在我面前閃耀金光的
黃金時代

老年赫塞肖像

彷彿失落的故鄉

——赫曼・赫塞有關自然與花園的信件與書寫

赫塞與貓一同寄信。君特・波美爾的鋼筆畫作。

在自然與植栽中
找到安定身心的力量

　　我有時會聽見人們說，大自然什麼也不給，人與自然沒有關聯。同樣的這些人，看到春天的太陽會滿心喜悅，遇到夏天的陽光就會慵懶，在潮濕中感到鬆弛，在海風中感到清爽。這其實已經是一種關聯，人們只需要去意識它，享受自然的時機就成熟了。因為這樣一來，我所理解到的，並非是那種毋須爭辯的舒適感，而恰恰相反，我意識到與自然的依存與共生。

　　　　　　　　　　　　——摘自〈關於享受自然〉，1907 年

　　我每天依然在花園裡勞動。沙子路不斷地擴大，我把土地翻掘了一遍，一部分則施以糞肥。我儘可能地幫幼樹做好防範兔子的準備，為明年擬定了一個誘人的花圃計畫，這個新計畫僅僅關乎舊有植物的新環境，卻無關新的植物品種。如今，大麗菊幾乎變增生到幾乎百朵之多。

　　　　　　——摘自一九一〇年十一月二十四日，給路易·雷納的信

　　我也聽過人家說，自然是殘酷的，但這其實是一種典型的以人為中心的見解，我也不相信自然有什麼特定的目的。它存在著，在這裡做著自己的事，我們屬於它，如果我們「想及」自然，就感受到有些陌生與敵意，那麼我們就大錯特錯了……

　　我並非試圖以自己弱點來創造一個體系，用自己的苦處來找

到控訴自然的題材。我這麼做並不是基於道德感或某些理論，而是因為與之相反的話，也毫無意義，因為我們永遠無法影響自然。人類唯一或許可以稍微影響與控制的，是自己的意志，儘管這也有待商榷。無論如何，我試圖運用我些許的自由，讓自然的意志成為我的，我想像下雪或者炎熱的天氣，都是隨著我的意志而來。我並不抗拒去反駁內心永恆的自然，並且藉此讓自己的生活更加困頓……我承認，人類可以想出各種對抗自然的權利，他可以對它加以利用，以智力騙取，從而將自然應用於自身的生活之中；但是，如果人類用自己的一點精神與自由，去對自然提出控訴與懷疑，或是用某種理論去靠攏它，那麼，我想那是既可惜又愚蠢的。

——摘自〈夏日信札〉，一九一一年

剛好最近幾天都是蔚藍的晴天，男孩們正在放秋假，他們每天都幫我整理秋天的花園。每隔一段時間，我總是得用這種方式證明自己，因為在房間裡工作，用眼過度，往往很快地積勞成疾，很容易升級成要命的疼痛。天氣好的時候，我都過得挺好，天氣一差，一切就麻煩了，因為得坐在那裡無所事事，這我學不會、也受不了。

——摘自一九一六年十月六日給埃米爾・莫特的信件

耐心是最耗神的事情。它最耗費精神，也是唯一值得學習的事。在這個世界上，自然萬物、一切生長，所有的和平、繁茂與美麗，都以耐心為基礎，它需要時間、需要信任，需要去相信長

期的物事與現象，是遠比個體生命還要長遠的，需要相信事物及其相互關係，並不容易受到個體的理解，只有從民族與時代、而非個人的角度，才能感受到它的整體。

——摘自一九二〇年的一本日記

這天，我坐在我那炎熱空蕩的露臺上，幾個老舊的花盆裡長出了幾朵花。我端詳著翠雀、馬鞭草、珊瑚倒掛金鐘，這時有一隻蝴蝶嗡嗡飛來，在瑞士德語區，人們稱它「鴿鳥」，又叫鴿尾或鴿蛾，我想起這種蝴蝶曾在您的其中一本書出現過，並且是我最愛的段落，於是晚上我就開始翻找它，很快就找到了，在《童年》[46]中談花園的那一章，那時開始，我又開始讀這本書，那是我們這時代我最愛的其中一本書。

——摘自一九二九年七月二十一日給漢斯·卡羅薩的信

對自然之友而言，如果他們能夠偶然看見一隻狐狸、或是一隻布穀鳥，並且去觀察它們，那麼也算是一種小小的經歷與幸運了。那種感覺好比有那麼一刻，這個生物不再害怕嗜殺的人類，或者說，是人類回歸了原始生活的純真無咎。

——摘自童話〈鳥〉，一九三一年

目前我過得不好……不過，每天還是有一小時左右，我會跪

---

46 《童年》（*Eine Kindheit*, 1922）為德國作家漢斯·卡羅薩（Hans Carossa, 1878-1956）的自傳作品，1922 年出版於德國萊比錫的島嶼出版社（Insel Verlag）。

在蔬菜園裡除草，或是待在外面畫些水彩，當疼痛與一切遠走，使我回復安寧，我就會在那一瞬間，聽見世界的和諧在草地裡歌唱的聲音。

——摘自一九三二年五月給卡爾・瑪利亞・茨威斯勒的信

只要不是下雨天，我的日子就會被除草填滿。這件事情的優點就是，讓我現在不舒服的感覺消散。它是長時的鴉片，讓人一再而再，一天半日沉浸其中。同時，它全然純粹，不受物質的驅力與活動影響，因為整個園藝勞動的時間無數，加起來有數百小時之多，全部的收益也不過是三、四籃蔬菜而已。這份工作因此帶有些許的宗教意味——一個人跪在地上，實踐著拔除雜草的動作，彷彿在歡慶某種祭儀，只是這樣的祭儀乃春風吹又生，因為當我清理完三、四個菜圃之後，青草又從第一個菜圃長出來了。

——摘自一九三二年七月給葛奧格・萊茵哈特的信

要是能一夜好眠、少有痛苦，那麼就可以編織幻想，構思童話或詩歌，其中有百分之一的內容，也許會在日後被寫下來。我大多是在拔除雜草的時候做這件事；在機械性的勞動當中，我一面想著故事主角的對白，同時把他置於當今的問題之前，當然也包括政治的問題，最後跟他一起消失在沒有當今也沒有物質的所在。

——摘自一九三二年七月二十三日給海蓮娜・維蒂的信

從小到大，土地與植物世界一點也沒變。這點使人安心。

——摘自一九三三年給塞西莉‧克拉蘿斯的信

　　我們這裡的情況不佳，日子越來越不平靜。這三個月以來，陸續從德國傳來一些不幸的消息，我透過信件、憂患，訪客與會面得知這些，流亡者與難民蜂擁而至，他們陷入痛苦的危難當中，有些是精神上的，有些是物質上的……。順道一提，我其實是花園的奴隸，這點我甘心樂意，我與我的妻子幾乎一有空，就在花園裡勞動。園藝勞動使我非常疲累，而且繁重過頭了，但是在今日人類作為、思想與議論紛紛的所有事情當中，這件事情該是人類可以做的，最聰明且有建樹之事了。

——摘自一九三三年六月五日給奧爾嘉‧迪那的信

　　休閒時光都在花園裡度過了……（我們）汗流浹背地彎著腰，手持澆水壺與鏟子，兩隻小貓是這塊地的主人，牠們在玩耍，一邊溫和地看著我們這兩個佃農。

——摘自一九三三年夏天給喬治‧馮‧德林 [47] 的信

　　我的一天都分給了書寫與園藝，後者可以說是一種冥想與精神上的消化，因此會在孤寂之中進行。

——摘自一九三四年四月十五日給卡爾‧伊森堡 [48] 的信

　　我們有個和煦的初冬，在我屋前的一個花圃，裡面還有完好

---

47 喬治‧馮‧德林（Georg von der Vring, 1889-1968），德國作家。
48 卡爾‧伊森堡（Karl Isenberg, 1906-1977），德國政治家，社會民主黨員。

無傷的綠色旱金蓮，透著飽滿的青綠，甚至開了兩三朵花。早晨，在山谷底下，還有一些成熟的作物堆在那裡；冬天草木不生，這一帶卻顯得非常明亮繽紛，繽紛的群山之上，有更高的山巒參天矗立著，它們在皚皚白雪中發光，黃昏則發出灼熱的光芒。我剛從巴登水療度假歸來，想在下雪之前盡可能好好地整理花園。空蕩蕩的大麗菊花圃中，我的火堆開始熊熊燃燒，吞吐著既薄且長、繚繞的煙霧，像一首藍色的變奏曲，溶入了大地風景的旋律之中。

——摘自一九三四年十二月給阿弗雷德·顧賓[49]的信

我們這裡實在熱極了，終於等到這一天，每天在花園裡的勞動，就是我大部分日子裡可以負擔的；前陣子暴風雨來襲，外加重重的冰雹落下，幾乎把所有東西都砸碎了，我有足夠的事情忙了。當你幫番茄叢澆水，或是幫一朵美麗的花進行鬆土，這樣就不會有藝術家常有的那種該死的感受——這樣做有意義嗎？這樣是被允許的嗎？不，是我同意自己這麼做的，我時不時都會需要這麼做。

——摘自一九三五年七月給阿弗雷德·顧賓的信

很高興這個夏天，我幾乎是憑藉著絕對的專注來遠離當下，至少我能寫下這首田園小詩〈園圃時光〉寄給你。沒有人會發覺這首詩是在怎樣的環境下產生的。

---

49 阿弗雷德·顧賓（Alfred Kubin, 1877-1959），奧地利插畫家。

——摘自一九三五年十二月給漢斯・史多岑格[50]的信

我們的春天來得又早又美麗，真是可惜它了。春天就像其他藝術家一樣，面對世界歷史，毫無說話的份。世界歷史向來是個吵吵鬧鬧、糾纏不休，且自以為重要的人物；它似乎時常獰笑，你以為那是幽默，其實大錯特錯。

——摘自一九三五年三月給阿弗雷德・顧賓的信

在一個或許明天就要被摧毀的世界，詩人採擷字詞，選用並且組構它們，正如同現在銀蓮花、報春花與其他花朵所做的那樣——在所有的草地上開花。在一個或許明天就要蒙上毒氣的世界，它們小心翼翼地展現自己的花瓣與花萼，四瓣、五瓣或者七瓣，平滑或者鋸齒狀，一切如此精密、美到極致。

——摘自一九四〇年四月給兒子馬丁的信

三年前，你們在復活節給我的那些植物，到現在我還欠你與莎夏一個交代。那是三株小小的齒鱗草，我把它們塞進錢袋裝回來，然後移植到花盆裡。那三株從此以後越長越多，現在大約上百株以上了，我也分送了一些給別人。不過，只有其中一株活到現在，也就是這三株最老的其中一株，經歷了完整的生長過程。它迅速長大，彎曲的弧度先不算進去，現在已經有兩百六十五公分高了。那株齒鱗草的莖略微彎曲，被重重綁在一根木棍上。草

---

50 漢斯・史多岑格（Hans Sturzenegger, 1875-1943），瑞士畫家。

莖就像孩子的手指那麼粗，有點像木頭，質地非常硬，及至三分之二的高度都是光禿禿的，接著就長出了各種分枝，它們沿著主莖排列，枝頭則長出新的齒鱗草，有些舊的齒鱗落下，是為了繼續成為植物。不過，它現在大抵已經來到最後的發展階段，主莖的分枝已經長得不能再高。過去幾週，它已經慢慢形成一種傘狀花序，一共有四簇，每簇有六至十朵美麗的小花，大部分都還是含苞待放蓓蕾，即便是初綻的花朵，也還維持著高貴的花萼形狀，帶著一抹亮麗的紅色。

我猜想，齒鱗草可能是那種一生只開花一次，然後就會枯死的植物；無論如何，我都想跟你們報告上面所講的這些，這樣一來，你們才會知道送給我的禮物變成了什麼樣。

　　——摘自一九四一年一月給莎夏與恩斯特·摩根塔勒 [51] 的信

這世界看來一片昏暗，但春天會來的，那時，永恆的歡悅會從每朵花的笑容流瀉出來。

　　——摘自一九四二年三月給伊蓮娜·黑奈特的信

現在我老了，越來越不勝眼力，經常很長一段時間不能工作，因為每天眼睛只能勝任必要的事。因此我有一座花園，一座原始的提契諾花園，裡面有葡萄藤、蔬菜以及一些花朵。夏天的時候，我在那座花園度過半天的時間，我會生一小堆火、跪在花圃間，諦聽村莊的鐘聲從山谷間傳來。在這個天真的田園小世界中，我

---

51 恩斯特·摩根塔勒（Ernst Morgenthaler, 1887-1962），瑞士畫家。

感知了永恆與內在，一如我在閱讀詩歌與哲學時那般。

——摘自一九四二年秋天給保羅・布瑞納[52]的信

在危難當頭的時候，除了精神與藝術所給予我們的之外，還有大自然的贈與，是唯一不會棄我們於不顧的東西。

——摘自一九四〇年代一封給厄娜・克拉娜的信，未標註日期

花朵一如往常，愉悅而美麗地綻放，禿樹林有藍色的綿裹兒，草地上有報春花、堇菜、藏紅花與所有其他的花朵，他們在嘲笑我們，以及我們的憂愁。

——摘自一九四四年三月給恩斯特・卡普勒[53]的信

當我終於又可以在花園裡卸下外套，小小的番紅花佇立在細瘦的草地上，檸檬蝶在溫暖的空氣中閃爍翻飛——這往往又是一個美麗的奇蹟。

——摘自一九四五年二月給兒子布魯諾的信

這世界很少賞賜我們更多東西，它往往看起來像是由喧鬧與恐懼所組成，但是一草一木，生長依舊。如果有一天，大地都被水泥建築覆蓋，天上的流雲永遠依舊，人們在哪裡都可以憑藉藝術的幫助，打開一道通往諸神的門。

---

52 保羅・布瑞納（Paul Adolf Brenner, 1910–1967），瑞士詩人。
53 恩斯特・卡普勒（Ernst Kappeler, 1911-1987），瑞士作家。

——摘自一九四九年一月給庫爾特・維德瓦德的信

世界如此動盪，鳥兒繼續歌唱、不為所動，而牠們也不懂十二音音樂。

——摘自一封寫給不知名收件者的信

我被困在家中，眼睛無法像在花園裡那樣舒張，硬生生被剝奪，只能終日流淚、疼痛、一無是處地枯坐著。當我想及死亡，那多麼令人快慰，它意味著我個人地獄的終結，這個地獄，使我的前半生顯得陰鬱。

——摘自一九五四年三月寫給埃爾溫・阿克內希特[54]的信

在我們南方這邊，夾竹桃非常受歡迎，我的花園裡也長著一株高大的。當我們從蒙塔諾拉[55]到恩加丁[56]去旅行（這是我行之有年、唯一習慣的小旅行），那麼我們就得先經過盧加諾，然後沿著湖岸行至波爾萊扎[57]，直到湖的盡頭，然後再往科莫湖[58]（梅納焦[59]），沿著湖行駛好幾公里，直到科莫湖也到了盡頭，最後越

---

54 埃爾溫・阿克內希特（Erwin Heinz Ackerknecht, 1906-1988），德裔美籍醫藥歷史學者。
55 蒙塔諾拉（Montagnola），瑞士南部邊境小鎮，與義大利為鄰。
56 恩加丁（Engadin），瑞士東南部因河河谷區域名，以風景秀麗聞名。
57 波爾萊扎（Porlezza），義大利北部邊境市鎮，與瑞士為鄰。
58 科莫湖（Comersee），義大利北部湖泊，為阿爾卑斯山脈之冰蝕湖。
59 梅納焦（Menaggio），義大利北部邊境市鎮，與瑞士為鄰。

過基亞維那 [60]，穿過貝爾格山谷 [61]，直到馬洛亞 [62]。夏天的時候，我走在這趟旅程的南半部，沿兩座湖行駛，數百朵高大的夾竹桃盛開著、夾道歡迎，那是我最愛的花，它們有白的紅的，深淺不一，而這許多盛開的夾竹桃對我而言，每每是這趟旅程中最美的畫面。

——摘自一九五四年七月給齊格飛・塞格的信

忙於土地與植物之事，近似於冥想，可以給予靈魂釋放與安寧。

——摘自一九五五年秋天給約翰娜・阿騰霍夫的信

我們需要在機械世界的暴力之中努力奪回自然，在一日工作的精疲力竭之後，致力於內省，亦即去抵達離心器的中心。幫助我們的力量，是大自然、是音樂，不過，自己的創造力尤其重要。

——摘自一九五八年十二月給一位不知名讀者的信

艱困時代誰都不好過，唯有投身自然才行——不被動或享受，而是要創造。

——摘自一九六一年十一月給瑪利亞・特洛的信

---

60 基亞維那（Chiavenna），義大利北部鄉鎮。

61 貝爾格山谷（Bergeller Tal），位於義大利與瑞士之間阿爾卑斯山脈之山谷。

62 馬洛亞（Maloja），瑞士南部村莊，鄰近義大利邊境。

短篇故事之一・老尼安德

　　藏紅花已逝去，雪蓮花已消失，在這焦渴的晚春，一株老玉蘭樹兀自開花。厚實的大樹上，大片樹葉泛著銀光，流瀉出烏鴉的鳴唱，純潔的白花溫柔且怯懦地注視，彷彿美麗孱弱的孩子。在那片橢圓的小草坪上，玉蘭樹飽滿且盛大地開著花，草坪之上，有陽光灑在低矮的房子上，房屋顯得親切，南面的牆上有一座拱棚，斑駁的牆面顯出泛綠的泥灰，屋頂則有圓弧的山牆拱頂與細長的磚緣，它們在溼潤的藍天下安歇；寬闊的陽臺被大紫藤盤根錯節的藤蔓熱情地擁抱千百回。然而，一切都在青綠色、光禿禿的樹梢與花冠中安睡，它們的上方，有高大的榆樹庇蔭，古老參天的枝椏覆蓋了整個屋頂，同時伸向另一側的異國赤松，它的枝椏帶著長長的針葉，形成莊嚴、深思熟慮的金字塔錐形，去年落地的毬果在溫熱之中散發著樹脂的馨香，透著點點陽光的樹蔭下，嬌小的旋木雀與茶腹，圍繞著厚實的赭紅樹幹追逐，在光線的襯托下，樹蔭一下子灰色，一下子泛著寶石的光芒。

　　種植著玉蘭樹、歐洲刺柏與玫瑰叢的那片草坪，它位於房屋、榆樹與赤松之間，高高的丁香灌木叢長出濃密的雜草，將外面世界的風塵阻擋在外，使整片草坪得以專注在自己的綠色神龕裡。朝南的方向，是這片草坪唯一的開闊之處——在那裡，花園沿著露臺階梯拾級而下，它面向陽光，後面則是一片綠草如茵的廣闊牧場，一棵有著寬大樹冠的橡樹佇立，投影在告示牌上，橡樹的輪廓與線條顯得瘦長、滑稽且曲折，它就是鄰人的地界。這片嫩

綠的牧場被一道深不可見的河谷畫了界，河谷的另一邊則是翠綠的山林，山林的輪廓長而靜謐，後面則又新添一道碧綠的高山，那裡染著一抹氤氳的淡藍。再往後，則是一片靛藍色的陡峭山麓，上面有折射著光、突出且裸露的懸崖。從第三層靛藍的山麓看出去，變換的雲彩在遠方高懸，白雪皚皚的山脈映著夢幻的色彩，像在飄浮，在這非常朦朧且令人陶醉的真實景象中，一個無有回憶、蒼白的靈界就此昇華美化，卻比近處的一切更加真實且長久。

　　老人站在玫瑰花叢旁，他心想，是時候捆縛它們了。他把淺色樹皮製成的金色鳥哨插在綠色圍裙的腰帶上，手裡拿著一把剪刀。他的手指躊躇地翻尋，揀選多刺的褐色樹枝，小心翼翼地剪下枯死的枝頭，把它們收進一個寬淺的柳條籬筐中。夕陽餘暉溫暖地斜照在含苞待放、高大的灌木叢，以及丁香與榛樹中。老人等待著這一刻；這時，他把籬筐與剪刀放在一旁，走上這片小草坪的西面，開始簡單的晚禱儀式——他靜靜地站在湧流的火紅光照之中，諦聽玉蘭樹的聲響。蒼蒼的白花仍張揚地呼吸著，飽滿的霞光從最高的枝椏傾瀉而下，黃昏玫瑰色的夕陽迅速且柔情地落在每個花朵之上。疲憊的白花在隱祕的柔情之中發出光亮，幾分鐘之久，整棵樹彷彿被迷住，一層魔魅的薄紗若有似無地籠罩著它，每朵蒼白的花，它們的靈魂都已甦醒，從溫柔的花萼中安靜溫暖地張望，進行那場小小的、令人渴慕的盛典。

　　種花的老人用沉靜下來的眼睛，親切地端詳這一幕質樸的奇蹟。每一朵花都羞紅著臉，將晚上的問候送進他的心坎裡。他切身感受著，呼吸著迫近的季節之味，他預感到它們準備好了，以及花朵抽芽時熱烈期待的心情。

世界變小了，他心想，臉上現出一抹微笑。這個老人一生經歷過無數工作與高位，他曾經環遊世界，也不斷地回歸自身的渴望，一如歌德所說：「所有陽光與樹木、所有海濱與夢境，都在他的心底融為一體。」──如今他退居在自己的花園一隅，草木叢畦都是他所熟悉，信靠著他且歸他所有，它們的生活被他照料，由他構思、創造、形塑與引導，那種充盈與滿足感並未減少，一畦玫瑰對於感官與思想而言，所能竭盡的就如同海濱與遼闊的大地那般。一切占有終將成為限制，一切理解終將捨棄，所有不得不捨棄的，終將在微笑與祈禱之中尋找昇華。

　　老尼安德繞過草坪，走到草叢間的石子路，他被樹叢緊密包圍，突然間，眼前的石階通往下方的花園。這時，天空與無垠的大地，就這樣闖入了灌木叢那隅窄狹幽居的避世之地，視野越過每座花園，每棵樹木與圍籬，越過牧場的青草地，沿著青綠與靛藍的山脈稜線，直上遼闊的天際，遠方的盡頭，是阿爾卑斯山峨然矗立。同樣的光線也照耀著玉蘭樹，使可憐的玉蘭姊妹花們煥發昇華的光彩，在遼闊的遠方，那道光用同樣的魔法，落在雲海與雪山之上。從黃昏的草地與山林看出去，彼方的高山散發出鑽石般的光芒，彷彿仙境的魔法，玻璃與寶石的童話城堡，它們被湧流的夕照徐徐穿過，不與大地相連，而是朦朧地高懸在遠方，折射出光亮，山巒與雲彩好似孿生兄弟，彼此交融在一起。

　　這位老人時常思索的，如今又回來找他。精神的焦渴使他不安地尋索，幾度貪婪的旅行，使他的足跡遍及遙遠而陌生的大陸，然而，他的一生幾乎是在這美妙的山間度過，早在年少時，山的

赫塞整理樹籬

美麗與神祕就已成為他思緒的一部分。阿爾卑斯山巨大的峭壁，永恆地象徵著他自身靈魂的矛盾與阻礙，有關渴望的交戰、南方與北方的衝突，它就像人類的歷史那樣，成為所有運動的中心點。

他知道美麗的天堂就在這片魔法玻璃牆後面，那裡的生命，在天真的富饒之中，顯得美好而輕盈；嫵媚的花朵天真自然，滋養著美麗。而北方，卻是誕生自渴望的痛苦與深淵的掙扎。不過這樣的北方之美是更為真摯震撼的，它在神性的迷醉中勇敢地飛舞。

老尼安德看見色彩紛繁、縹緲的山峰，他再度擁抱了自己的內在生命。他站在北方人那邊，他站在捨棄以及不可饜足的慾望那邊。而這場交戰卻慢慢止息了。自從他越過生命之巔，走過長長的死蔭幽谷，他就放棄了逃避死亡的想法。有關他的來處與去向，對他來說，都是同樣一個地方。生命中的呼喚，在他孩提時代每天召喚著他，使他一步步向前，那呼喚漸漸地變成了死亡的呼喚，它從彼岸發出來，仔細聆聽，會發現它的美麗與奇異絲毫不減。生與死，不過是名字罷了，但是呼喚在那裡歌唱、牽引著，讓他隨著日子的節奏邁步前進，而那條路通往故鄉。夜晚的氣息從遠處飄送，蘆葦在池塘上搖曳彷彿歌唱。夜晚呼喚著白天，白天呼喚著夜晚，一吸一吐，上帝的氣息永恆地吹拂。

老人的目光從遠方繽紛的天空挪回來，開始注意身邊的事物，他專注地看著自己的花園。他並不是去看花園一時的光景，而是去看花園裡的樹木與樹叢，多年來建立起的那個充滿愛的環境。在房屋與接骨木樹籬之間的這一小塊地，受到良好的照料，成為一座綠意盎然、有如孤島的花園，從外面難以窺探。這都是

他構思、想要的，這座花園是從他人那邊接手而來，然後進行擴建，卻從未完工，相反地，對於未來，卻充滿不斷增生的想法與實踐。在榛樹與接骨木之間的角落，野玫瑰與它長長的莖隨風飄動，盛開的黃花柳樹下，匍匐著深黑色的粗幹常春藤，在這些盤根錯節的枝幹中，只有丁香花嬌嫩的尖葉隆起成為拱形，這是他的傑作，它不只是美麗的，在那些溫柔的歲月裡，經由緩慢的挑選與排序，這個傑作從千百個園丁之夢中幻化成真，栩栩如生。此刻，透過稀疏的枝椏看見天空，老尼安德從樹葉與花朵，從果實與攀緣植物當中，預感到許多美麗的且生機勃勃的東西將會在五月、七月與九月長出來，他期待著──花楸的漿果閃亮地懸於藍天，紅花在最濃的綠意之中綻放；一年四季都可以找到蜜蜂聚集的角落，以及蝴蝶休憩的地方，這是誠摯的植物情誼，由人類親手呵護。夏日清晨，潮溼的八月，四月的正午與秋日的黃昏，處處都可以找到他們最喜歡的位置與一方天地。在小小的溫室，每一株植物幼苗生發出嫩綠，無不是在田園詩人的幻想中完成，詩人幻想它們長成樹葉與繁花、光影的斑點，變成萬紫千紅的花色，在這裡或者那裡，完成自己職責與天命。

而這位老人仍更深更真摯地活在他翠綠的園圃之夢，他知道處處都是記憶，還有他內在生命的內在象徵，都鮮明地根植於這座花園，如傷痛的印記、感恩的獻祭、年輕時的紀念，以及死亡與重生的強烈預感。他生命中在花園裡度過的每個季節、每個時辰都更深摯，所以他感到這些年過去，這些萬千圖景，就是他自身的寫照，是神祕的傑作與他靈魂的反映。在這裡，生命的夢想

已然死去，並且轉化，敬拜神的儀式在此開始，永恆的感覺會被照護，在外人的眼中，只是一根美麗的樹梢，一株愉快的灌木，對詩人而言，它們卻是難忘的存在、各種交戰、尋找與戰勝，並且以此繼續流傳。正如一位孤獨的統治者，在人類與物件的長遠活動中，他會發現自己的想法與計畫業已開花結果，因此這位年老的園藝之友，會對他那溫柔的王國中的每個生長，每個寂靜的發生，都在他的內心深處激盪，成為遙遠而豐盈的回響。

老尼安德坐在低矮的牆垣上等待，他望向山脈。夜晚已然微溫，遠方的靛藍顯得潮溼，他已經順利度過冬天與初春。老人的腦海中又浮現了生長的一年，也就是屬於花園、充滿預感的新的一年——紫菀、丁香，以及懸於白牆的玫瑰花！

　　　　　　——摘自斷簡〈夢中之屋〉，一九一四年

短篇故事之二·鳶尾花

　　安森在童年時期，會在春季的綠色花園裡奔跑。母親種的花當中有其中一朵，名叫鳶尾花，他特別愛這朵花，總是把臉頰托在它高高的、淺綠色的葉片上，手指撫觸著銳利的葉尖，吸吮著這朵美妙的大花的香氣，久久地注視它的內裡。許多黃色觸角排成長長數列，從淡藍的花心伸出來，花蕊當中有一條明亮的小徑，往下通往花萼及其深處，那是花朵的藍色祕密。他非常愛它，久久地往裡面注視，他看見細緻的黃色花蕊，一會兒像國王花園裡的金色籬笆那般矗立，一會兒像林蔭道兩旁的夢中之樹，紋風不動，花蕊中有一道透明纖細的紋路，靈巧如脈搏，貫穿著通往內裡的那條神秘的小徑。花朵飽滿地鼓脹，金色樹木間的小徑就這樣無盡地深陷，消失在難以探測的深淵。紫色花瓣如穹頂，高貴地在小徑上方鼓脹，它們的魅影稀疏，投射在寂靜等待的奇蹟之上。安森知道，這就是花的嘴，它的心靈與思想，居住在藍色深淵的華麗黃花蕊後方，它的呼吸與夢境，在那可愛、明亮且透明的小徑上吞吐著。

　　在那朵大花旁邊，有些較小的花朵含苞待放，它們被堅實多汁的花梗撐托，深藏在棕綠色的花萼裡，青春的小花寧靜有力、蓄勢待發，它們被淡綠與紫色緊緊包圍，青春的紫色花苞上有細緻的苞尖，它被溫柔地緊緊包覆，並且向外探看。在那旋緊的新生花瓣上，有著包羅萬象的脈絡密布。

　　每當清晨，他從家中、從眠夢與陌生的世界中歸來，這時，

花園總完好如初、永遠如新地等待著他，昨日堅硬的藍色花苞，它被層層包裹，尖尖地從綠色外殼探頭張望，這時，新生的一瓣垂掛著，像天空般輕藍，像唇與舌那般探觸，尋索夢想已久的形狀與弧度。它的最底部仍與包覆著的花萼寂靜抗爭，這時人們已經預感到細緻的黃色花蕊、明亮如脈搏的脈絡軌跡、悠遠芬芳的靈魂深淵，它們都準備好了，也許中午時早已開花，又或是晚上，藍色絲綢如天幕，罩住金色的夢中森林；而它最初的夢境、思緒與歌唱，都寂靜地從魔魅的深淵中吞吐出來。

然後有一天，草地就這麼長滿了藍色風鈴草。然後有一天，花園裡突然有了新的聲響的氣味，而被陽光曬紅的樹葉之上，懸著第一批柔軟金紅的四季花。然後有一天，鳶尾花不再，它們逝去，再也沒有金色圍籬的小徑溫柔通往下方充滿香氣的祕密，僵硬的葉子冷而尖，漠然矗立。紅色漿果在灌木叢中成熟，紫苑之上，有新種蝴蝶自由飛舞嬉戲，透翅蛾嗡嗡地飛，紅棕色的背彷如珍珠。

安森跟蝴蝶以及鵝卵石說話，他跟甲蟲與蜥蜴做朋友，鳥兒跟他說鳥族的故事，蕨類植物以大片葉子為屋簷，向他祕密展示聚集的棕色孢子。他眼見綠玻璃碎片與水晶吸納太陽的光線，變成了宮殿、花園與閃耀的寶庫。百合花凋謝了，金蓮花會綻放，四季花枯萎，黑莓將變成棕色，萬物遞嬗，總有生長、變遷、消失，時候到了又復返，就算在奇怪不安的日子裡，風冷冷地吹拂松林，枯萎的樹葉在整座花園沙沙作響、蒼白失色，依然會帶來一首歌、一次體驗、一個故事，直到一切沉落，雪在窗前落下，

棕櫚樹林在窗片上生長，天使與銀色鐘鈴飛過夜晚，廊道與地面散發著乾掉的水果的氣味。當有一天，雪花蓮不經意地在黑色常春藤旁邊閃耀，第一群鳥高高飛過嶄新的藍色天空，那麼，這樣彷彿萬物恆常存在，友誼與信任在這個美好世界永不消逝。直到有一天，新長出的淡藍花苞又從鳶尾花莖探頭張望——那始終是我們從未想及，卻又如是發生，也是我們所企盼著的。

　　萬物都是美好的，它們受到安森的歡迎、親近與信任，然而對這個男孩來說，每年這場魔法最偉大的時刻與恩典，就是第一朵鳶尾花。在它的花萼當中，曾有一回，他在他最初的童年夢境中，首度讀到了這本奇蹟之書，對他來說，鳶尾花的香氣與飄動變幻的藍，就是創造的召喚與鑰匙。它於是這樣陪他走過所有的純真年代，每個夏天都變得新鮮、充滿秘密與感動。其他的花也有嘴，也會散發香氣與靈思，會吸引蜜蜂與甲蟲來到它們甜美的小室。但是鳶尾花對男孩來說，卻比其他的花有更多愛，且更重要，它變成一種譬喻，以及值得思索玩味與驚嘆的一切。他望著它的花萼，沉迷在奇異的黃色花蕊間那條明亮夢幻的小徑，隨著思緒，往花朵內裡無盡的深處走去，然後，他的靈魂注視著那扇門，在那裡，現象會變成謎，所見的會成為預感。他有時也會在夜裡夢見那花萼，在他面前開了一朵碩大的花，好比通往天上宮闕的那扇門，他騎著馬踏進去，或坐在天鵝的背上飛入，整個世界輕飄飄，與他一起或騎或飛、或滑翔，像被魔法吸進了可愛的深淵，而後下墜，在那裡，每個期待會被滿足，每個預感都會成真。

　　世上的每個現象都是一個譬喻，每個譬喻都是一扇敞開的

門，只要你穿越它，靈魂一旦準備好了，就能進入世界的內裡，在那裡，你與我、日與夜，全都合而為一。每個人在自身生命的某些地方，都會踏進這樣一扇敞開的門，每個人都會在某些時刻閃過這樣的思緒——一切可見之物，都是譬喻，譬喻的背後居住著精神與永恆的生命。

對小男孩安森而言，他的花萼就是那打開了的、寂靜的提問，在泉湧的預感之中，將他的靈魂推向一個至福的答案。然後，許多包羅萬象的可愛事物又把他拉走，他開始與之戲耍交談——一草一石、樹根與灌木、小動物與有情的世間萬物。他時常深深沉溺於關注自我，他安住在自己的肉身之中，沉醉在它的奇妙裡，無論吞嚥、歌唱或呼吸，他都將眼睛閉上，去感受嘴與喉嚨裡那些奇特的激動、感受與想像，他有共感，知道那裡也有小徑與門，在那裡，靈魂可以通往另一個靈魂。帶著驚嘆，他觀察著那些意義深遠的色調，這些色調在他閉上眼睛時，時常是被暗紫色的背景所烘托，有藍色與深紅的斑點與半圓，亮色的透明線條錯落其中。有時安森難掩驚喜之情，因為他感受到眼睛與耳朵、氣味與觸覺之間那千百種細緻的關聯，他感受到片刻韶光之中，音調、聲響與字母都近似或等同於紅與藍、硬與軟，他嗅聞一株藥草、或是一片剝下的綠色樹皮，充滿驚異，一如嗅覺與味覺是如此奇異地接近，兩者相互交融，合而為一。

所有孩子都是這樣感覺的，即便有些人感覺強烈，有些人感覺輕柔，但是許多人早已喪失這份能力，彷彿從來不曾擁有它們那般，而且彷彿是初學字母之前就已經喪失了。其他人則時常保有這個童年的祕密，他們提取這份祕密的殘餘與回聲，直到人生

最後，髮色斑白、疲憊無力之時。所有的孩子，只要他們還置身神祕之中，他們就會不止息地，在靈魂裡忙於探勘那唯一重要的事──圍繞在自我與世界之間那謎樣的關聯。探求者與智者經過數年追尋、變得成熟之後，會回到這樣的探勘之中，大部分的人卻忘了這些，他們拋棄了真正重要之物的內在世界，很早就此迷失在狂亂憂愁、慾望糾纏的大千世界，直到生命終結，無人安住在原初的內在，無人引領他們回歸內在的自我，返回家鄉。

安森的童年時光，夏天與秋天輕柔地來，無聲地去，雪蓮花、紫羅蘭、桂竹香、鳶尾花、常春藤與玫瑰花，它們一再而再地開了又謝，一如以往美麗茂盛。他生活在其中，花與鳥與他說話，樹木與泉井對他傾聽，他依照古老的習慣，攜著最初寫下的字，以及最初的友誼困惑，來到花園，去母親那裡，到園圃旁的彩石那邊。

然而有一次，春天來了，季節的聲響與氣息卻與從前不同，烏鴉唱著，卻不是那首老歌，藍色的鳶尾花綻放，卻沒有夢境與童話故事在花萼的金色圍籬小徑來回漫步。草莓躲在綠色的樹蔭下歡笑，蝴蝶在高高的傘形花序之上閃耀飛舞著，一切都跟從前不一樣了，其他的事情侵擾著男孩，他跟母親有許多爭執。但是他卻不知道那是怎麼一回事，為何自己會受傷，為何有些事情不斷地侵擾他。他只看見世界變了，還有迄今為止的朋友都離開了他，讓他獨自一人。

就這樣，一年過去，又過了一年，安森不再是孩子了，園圃四周的彩色石頭變得無趣，花朵也沉寂著，他把甲蟲釘在一個箱子裡，他的靈魂踏上了一段漫長且艱困的歧路，昔日的快樂被封

存起來，已然乾枯。

　　眼前這位青年，人生似乎才要開始，他狂烈地投入於生活。那些譬喻的世界消散、被他遺忘，新的願望與路途吸引著他離開。童年之於他，就像藍色目光與細柔髮絲當中的一縷香氣，他卻不愛那氣味，一旦他被氣味喚醒了童年記憶，他就會把頭髮剪短，並且在眼神之中佯裝勇敢與智性。他喜怒無常地度過擔憂等待的歲月，他一下子是好學生與好朋友，一下子獨自一人、內心膽怯，有一回，他埋首書堆直到夜深，也有一回，他在最初的少年狂歡會中狂恣喧鬧。他得離開故鄉，並且只偶爾回來一下，那時的他轉變著、長大了，穿得漂漂亮亮返家探望母親。他會帶著好友、帶著書本一起，而且總是不同的，當他穿過花園，會發現花園很小，在他渙散目光下沉默著。他再也不在石頭與葉片上繽紛的脈絡裡讀出故事，再也不去看上帝與永恆如何安居在花朵的祕密之中。

　　安森成為中學生、成為大學生，他戴著毛帽返回故鄉，一次是紅色，一次是黃色，嘴唇抿著一根絨毛，下巴留著新鮮的鬍子。他回來時帶著外文書籍，還有一次帶著一隻狗，一只皮革書夾抵在胸前，他很快會在裡面寫下沉默的詩句，很快會抄下古代充滿智慧的格言，很快會貼上漂亮女孩的肖像與信件。他再度歸來，這時的他已經去過遙遠陌生的國度，並且在汪洋中的大船上居住過。他再度歸來，他成了一名年輕的學者，戴著黑色禮帽與深色手套，老鄰居們見了他，紛紛脫帽致意，稱他教授，儘管他其實還不是。他再度歸來，身形瘦削、穿著黑衣，嚴肅地跟在緩慢前

詩人的第一位妻子米亞‧赫塞，攝於一九〇五年。
童話〈鳶尾花〉為赫塞題獻給妻子的作品。
照片來源：赫曼‧赫塞。

行的馬車後面，他的老母親，正躺在馬車上面那口雕琢的棺材裡。然後他就很少回來了。

如今安森在一座大城市給大學生上課，他被視為一位有名的學者，他行走、散步、坐著立著，一如世界上的其他人，他穿戴細緻的長袍與帽子，或嚴肅或友善，眼神有時熱切有時疲憊，他如願以償地成為一名紳士與研究者。此時的光景，使他感到自己彷彿置身童年時期即將結束的那一刻。他突然感到，這麼多年的努力都是枉然，此刻的他，古怪、獨自且不滿地站在世界的中央，那是他始終都在追求的世界。成為教授，並不是他真正的幸福所在；被市民與學生深深致意，也不會使他稱充滿歡樂。萬物像是枯萎了、它們蒙上灰塵，幸福又在遙遠的未來，往那裡的路途，看來是炎熱、充滿灰塵且平淡的。

這段時間，安森經常到他的一個好友家，好友的姐姐吸引著他。現在的他，不再輕易追求漂亮的臉孔，有件事情也改變了，他感到幸福必定會以特別的方式降臨於他，而非藏在每一扇窗後面。他很喜歡好友的姐姐，有時候他以為自己是真的愛上了她。但她是個特別的女孩，每個步伐、每一句話，都充滿著自己獨特的色彩，因此要和她走在一起，找到同樣的步伐，往往不是一件容易的事。到了晚上，安森偶爾會在自己孤獨的房子裡來回踱步，若有所思地聆聽空蕩蕩的房子裡自己的腳步聲，他為了這個女友，跟自己的內心爭執不休。她比他期望的妻子年齡大上許多。她很有個性，要在她身邊生活，同時施展自己的學者抱負，會是困難的，因為她一點也不想聽這些。而且她的身體也不是非常強健，難以招架那種社交與盛會。她最愛與花卉音樂為伍，外加一

本書，在孤獨的寂靜中等待，看看是否有人會到她這裡來，她讓這世界兀自運行，與她無關。有時，她是如此溫柔易感，因而被所有陌生的事物刺傷，使她輕易哭泣起來。然後，她在獨處的幸福之中又揚起笑容，如此寂靜且精美，如果有人看見這一幕，他會感到，要給予這位美麗孤寂的女子一些什麼是困難的，要找到一些對她來說有意義之物，又談何容易？安森時常覺得，她是喜歡他的，有時候他又覺得，她沒有喜歡誰，只是對所有人都溫柔友善，並且渴望世界給予她安靜，只要這樣就好。他卻喜歡生活有其他樣貌——假如他有了妻子，居家生活就得有聲響與賓客。

「艾莉絲 [63]，」他對她說，「親愛的艾莉絲，要是這個世界構築成另一個樣子有多好！要是除了妳的世界之外別無其他，那該多好！那世界美麗而溫柔，由花朵、靈思與音樂所構築而成。這樣一來，我便別無所求，只願終其一生待在妳身邊，聆聽妳的故事，活在妳的思緒裡。光是妳的名字就使我歡悅，艾莉絲這名字多美妙，我實在不知道這名字使我想起什麼。」

「你知道的，」她說，「你會想起藍色與黃色的鳶尾花。」

「對，」他感到抑鬱不安，喊道，「我知道的，這樣就很美了。每當我說出妳的名字時，那彷彿是一種提醒，我不確知那是什麼，彷彿那個名字將非常遙遠、深刻且重要的記憶與我連繫起來，而我卻不知道，那會是什麼。」

艾莉絲對著他微笑，他站在那裡不知所措，用手擦著額頭。

「每當我聞一朵花，」她用鳥語般輕柔的聲音對安森說話，

---

63 德語名「艾莉絲」（Iris）也有「鳶尾花」之意。

「每次我都會這樣，然後每每心都會跟我說，這香氣使人想起極其美麗珍貴的事物，好久以前，那些事物曾是我的，但卻丟失了。對於音樂也是這樣，有時還有詩歌——突然閃現一些靈光，一個片刻長，就像我們看見失落的故鄉突然出現在山谷那樣，但很快又消失，被遺忘了。親愛的安森，我相信我們是因為這個原因來到這世間，為了這樣深思、追尋與諦聽那遙遠失落的跫音，而那些聲音的後面，就是我們真正的故鄉。」

「聽妳說這些真美，」安森諂媚地說，他感到自己的胸口有些疼痛的波動，彷彿那裡有一個隱藏的羅盤，無可避免地指向他那遙遠的目的地。然而這目標與他原本設想的人生目標完全不同，這使他難受，讓自己在這美麗的童話背後，在幻夢中賠上自己的人生，這樣是否有失尊嚴？

那段時間裡，安森先生有天從孤獨的旅行歸來，在空蕩蕩的學者公寓中，他感到寒冷抑鬱，於是跑去他的朋友們那邊，打算跟美麗的艾莉絲求婚。

「艾莉絲，」他對她說，「我不想再這樣生活下去了。妳一直都是我的好朋友，我得告訴妳這一切。我需要一個妻子，否則我的人生會空洞、失去意義。除了妳這朵美麗的花，我還會希望誰成為我的妻子呢？艾莉絲，妳願意嗎？那許多花，那座漂亮的花園，是值得妳擁有的，妳是否願意和我在一起？」

艾莉絲久久地注視著他，安靜地，她沒有微笑，也沒有臉紅，她用堅定的聲音回答他：

「安森，你的問題並不令我吃驚。我喜歡你，儘管我從未想過要成為你的妻子。可是，我的朋友啊，你看，如果我要成為誰

的妻子，那麼，我對他會有很高的要求，比大多數妻子的要求還要高。你說要給我花朵，這樣很好。但是就算沒有花，我也能活，沒有音樂也是，有必要的話，這一切以及其他東西，我可以有所匱乏——但是我卻一天也無法忍受，沒有將內心的樂音放在生活的首位。如果我跟某個男人一起生活，那麼，他內在的樂音，就必須能與我的相唱和，美好而細緻，他的樂音必須純淨，與我和鳴，而這也必須是他唯一的追求。我的朋友，你是否能做到？這樣一來，你也許就不能繼續享受盛名與榮耀，你的房子會變得寂靜，這幾年來我在你額頭上發現的皺紋，將又全數消弭。啊，安森，這樣是不行的。你看，你總是在額頭上早生皺紋，總有新的憂愁，而我所意欲、所成為的，你或許深愛著、覺得美好，但這對你而言，就像對大部分的人來說，只不過是細緻的玩具。啊，好好聽我說——此刻對你來說是玩具的那一切，對我而言就是人生，將來對你來說也會是，而你勞心勞力苦苦追求的，對我來說只是玩具，我認為人不值得為這些而活。——安森，我不會改變了，因為我依照我內心的法則生活。但你能否改變？你得徹底改變，我才能成為你的妻子。」

安森沉默不語，他被她的意志所震懾，他以為她的意志是虛弱輕率的。他沉默不語，然後用激動的手，不自覺地揉碎了一朵從桌上取下來的花。

這時，艾莉絲溫柔地將那朵花從他的手裡接過去——他感到這樣的舉措彷彿在嚴厲責備他的心靈——這時，她突然充滿愛意、清朗地微笑，彷彿在黑暗之中不經意找到了一條路。

「我有個想法，」她輕輕地說，臉有些潮紅。「你應該會覺

得特別，這個想法會讓你的心情好起來，但這想法並不是一時的心情。你想聽嗎？你想不想接受它，讓它決定我們之間的事？」

安森蒼白的輪廓裡有擔憂，他不懂她在說些什麼，望著眼前的女朋友。她的微笑馴服了他，他感到信任，於是答應了。

「我想給你一個任務，」艾莉絲說完，馬上又變得嚴肅起來。

「好，妳有權利這麼做。」身為朋友的安森屈服了。

「我是認真的，」她說，「這也是我最後想說的話。你願不願意接受來自我靈魂深處的想法，而不跟我斤斤計較，即便你沒有馬上明白它？」

安森答應了。這時，她起身，向他伸出手，說：

「好幾次你跟我提到，每當說出我的名字時，就會想起某些遺忘的事，那些事對你來說，曾經是重要且神聖的。安森，這是召喚的符號，這個符號召喚你在這幾年來到我身邊。我也相信，你靈魂中那些重要與神聖的東西，是被你丟失且遺忘了，現在它們必須醒來，你才會找到幸福，並且抵達某種狀態。——再見了，安森！我把手伸向你，請求你——

去吧，去看並且找出腦海中因我的名字喚起的那些記憶。等你找到的那一天，我就會成為你的妻子，跟你一起去到你想去的地方，以你的願望為願望，而別無他求。」

安森感到惶然無措，他想責怪她，說這種要求只是一時興起的心情，但是她用清澈的眼神提醒他不要忘記自己的承諾，他只有沉默不語。他的眼睛低低垂下，他拉起她的手，放在唇邊，然後走了出去。

在他的人生中，他扛下了一些任務並且解決，但沒有一件事

情像這次一樣，是如此重要，卻令人奇怪且喪失勇氣的。他日復一日奔忙、苦思乃至疲憊，而總有這樣的時刻到來——他絕望憤怒，把這整個任務痛斥為一種瘋狂的女性情緒，然後拋諸腦後。然後他的內心開始糾結，那是一種非常細緻隱微的疼痛，一種非常溫柔、幾乎聽不見的警醒。這細緻的聲音發自他的內心深處，它贊同艾莉絲，也做出像她一樣的要求。

　　光是這個任務，對這位博學的男人來說就已經太沉重了。他應該記起一些他早就忘記的事，他應該從消逝歲月的蜘蛛網中重新找到那幾條金色絲線，他應該用雙手抓住一些東西，然後送給他的愛人，那些東西不外乎是一聲被風吹散的鳥鳴，聽音樂產生的一絲渴望或悲傷，它們比思緒更輕、更易消逝且無形，比夜晚的夢境更微乎其微，比晨霧更加縹緲。

　　有時當他沮喪，對一切撒手不管時，這時有一陣風不經意地吹向他，彷彿是來自遙遠花園的一縷輕煙，他喃喃地道出艾莉絲這個名字，輕聲且毫不費力地喚了十次、許多次，彷彿在一根拉緊的琴弦上試音。「艾莉絲，」他喃喃地說，「艾莉絲，」，他微微地心痛，因而內心有些顫動，彷彿一幢荒涼的老屋，沒來由地敞開了門，百葉窗嘎吱作響。他回首自己的回憶，以為那些記憶已經被悉心整理、刻在心底，最後卻有了令人驚異的發現。他所記下的，遠比他想得還要少得多。驀然回首，那幾年的記憶一片空白，彷彿未被書寫的紙張。他發現自己需要花費很多力氣，才能清楚回想母親的模樣。他已經完全忘了自己年輕時猛烈追求一整年的那個女孩叫什麼名字。他想起大學時心血來潮買下的一隻狗，跟他一起生活了很長一段時間。他花了好幾天，才又想起

那隻狗的名字。

　　這位可憐的男人越來越恐懼悲傷，他痛苦地看見自身生命的空泛與消逝，那生命已不屬於他，於他陌生，並且再也沒有關聯，彷彿曾經背得滾瓜爛熟的東西，到頭來只能費力地撿拾荒涼的片瓦。他開始寫作，他想一年一年回顧，寫下最重要的體驗，好讓自己牢牢抓住它們。然而，他最重要的體驗是什麼呢？成為教授？還是成為博士，念中學與上大學？也許在消逝的時光中，他曾喜歡這個或那個女孩一段時間？他驚惶抬眼，說——這就是人生？人生就這樣了嗎？他敲敲自己的額頭，猛力地笑著。

　　時間奔流著，它從未如此無情地快速奔流！一年將盡，他覺得自己彷彿仍站在那個同樣的地方與時刻，那時他正離開艾莉絲。然而，這段時間他變了許多，除了他自己，任誰都看在眼裡，心知肚明。他變老，也變年輕了。大家幾乎都不認得他了，他們覺得他精神渙散、喜怒無常、性情古怪，現在人們稱他「怪人」，實在遺憾，可是他未免也單身太久了。也發生過這樣的事——他忘了自己的義務，讓學生在課堂上徒勞等待。還有另一件事——他苦思焦慮地溜過大街，走經一幢幢的房屋，用邋遢的外套沿街擦去牆角的灰塵。有些人說他開始喝酒了。有幾次，他演講到一半，在學生面前停了下來，若有所思，然後發出孩子般的微笑，充滿渲染力，沒人見過他這樣。接著，他用溫暖動人的音調繼續演說，讓許多人感動。

　　長久以來，他毫無指望地漫遊，追逐遙遠歲月的香氣與煙消雲散的痕跡，這段時間，一個嶄新的意義已臨到他，他卻一無所知。經常是這樣的，在那些他所稱為記憶的背後，往往蘊藏著其

他的記憶，好比在彩繪的牆面上，有時老舊的繪畫後面還有更老、一度被新的繪畫重新覆蓋的作品，它們正在隱祕之處打盹。他想記起一些什麼，譬如一座城市的名字，他以旅行者的身分，在那裡待過幾天，或是想記起一個朋友的生日，或是隨便什麼，那段短暫的過去，彷彿一小片瓦礫，就這樣被翻掘出來，而他則突然有了完全不同的感觸。一陣清風襲來，彷彿四月晨風或九月霧氣，他聞到一股香氣，他嘗受一種味道，他感到某個地方有幽深溫柔的感情，在皮膚上、眼睛裡、在心中，慢慢地，他懂得——曾經一定有過那麼一天，溫暖蔚藍，或是冰冷灰暗，或者是另外的某天，這天發生的事，一定深印在他的腦海中，成為幽深的記憶，縈繞在他的心底。他可以清楚嗅聞並感覺到春天與秋日，卻無法在真實的過去中尋得，它們沒有名字與數字，也許是在大學時，也許是還在搖籃時，但香氣一直在，他感受到有些東西栩栩如生，但他卻一無所知，無法命名與斷定。有時他感到自己能夠將這些記憶回溯到前世的過去，儘管他付之一笑。

安森在記憶的深淵之中不知所措地漫遊，他有許多發現，有些攫住他，使他感動，有些帶給他恐懼與驚嚇，但是他還是找不到一樣東西，那就是艾莉絲這個名字之於他的意義。

他在尋遍不著的痛苦之中，再度找回他的老故鄉，他又看見森林、小巷、小徑與籬笆，站在童年的老花園裡，感受到心中波濤洶湧，往事如夢一般，歷歷在目。他憂愁且寂靜地從那邊回去。他稱自己病了，他這樣告訴大家，並且把來這裡找他的人都打發走。

然而，有個人還是來了。那是他的好友，自從他跟艾莉絲求

婚之後，就再也沒見過這位好友了。他來到這裡，看見安森邊邊地坐在他陰鬱的斗室裡。

「起來吧，」他對安森說，「跟我走，艾莉絲想見你。」

安森跳起來。

「艾莉絲！她怎麼了？——噢，我知道，我知道！」

「是的，」那位朋友說，「跟我走！她要死了，她生病很久了。」

他們走向艾莉絲，她躺臥在床、如孩子那般輕盈細瘦，隨後她睜大了眼睛，露出清朗的微笑。她將孩童般白皙的手伸向安森，在他的手裡彷彿一朵花，而她的臉龐容光煥發。

「安森，」她說，「你在生我的氣嗎？我給了你一個艱困的任務，我看見你忠於它。繼續尋找，走在這條路吧，直到你抵達目的地！你說你是因為我而走上這條路，但其實卻是因為你自己而走。你知道嗎？」

「我有預感到，」安森說，「現在我知道了。這是一條很長的路，艾莉絲，我多想早點回來，但是我已經找不到來時路。我不知道自己應該變成什麼樣子。」

她注視著他悲傷的眼睛，露出明朗寬慰的微笑，他彎下腰，俯身靠向她細瘦的手，長長地啜泣，淚水浸濕了她的手。

「你應該變成什麼樣子，」她說話的聲音彷彿透著一絲回憶，「你該變成什麼，這是不需要問的。你在人生中有許多追尋。你追尋榮譽、幸福、知識，還有我，你的小艾莉絲。這一切只是美麗的圖景，他們離開了你，一如此刻我必須離開你一樣。我始終都在找你，而出現在我面前的，始終是漂亮的圖景，始終都在凋

零、枯萎。現在，我已經不知圖景為何物，我不再追尋，我回家了，只要再一小步，我就回到家鄉。你也會到那裡去的，安森，到時候，你的額頭上就沒有皺紋了。」

她如此蒼白，安森絕望地喊：「噢，等等，艾莉絲，先別離去！能否在這裡留下一個記號，好讓我不會失去妳？」

她點點頭，把手伸向玻璃瓶，並且給他一朵剛剛綻放的藍色鳶尾花。

「拿我的花吧，鳶尾花[64]，勿忘我。尋找我，尋找鳶尾花，那麼你就會來到我身邊。」

安森哭泣著，他的雙手捧花朵，哭著道別。後來，他的朋友捎來死訊，他再度回到故鄉，為她的棺材裝飾花朵，並且埋進土裡。

而他後來的生活也崩塌了，他似乎不可能再編織這張網了。他拋棄一切，離開城市與職位，消失在這個世界上。有人曾經在某些地方見過他，他偶然在故鄉出現，倚在老花園的圍籬上，當有人問起他，想照顧他時，他就離開、消失了。

他還是喜歡鳶尾花，不管在哪裡看見它們，他就會彎腰靠近其中一朵，忘我地注視花萼良久，這時，香氣與預感從淡藍色的花心傳來，那是一切的曾經與未來，就這樣向著他吹拂，直到他感到悵然，最後悲傷地離去。他感到自己就像在半開的門邊偷聽，聽那迷人的祕密在門後呼吸，此時他說，現在一切聽命於他，且逐步實現著；這時門自動關上，大地的風冷冷地吹過他的孤獨。

---

64 鳶尾花與德語名字艾莉絲（Iris）為同一個詞。

在他的夢境中，母親跟他說話，他感到母親的形象與臉龐如此鮮明，已經許多年不曾如此了。艾莉絲跟他說話，他醒來時，夢中餘音仍在，一整天都縈繞在他的心頭。他無處可棲、浪跡鄉間，借宿在一幢幢的屋子裡、睡在森林裡，吃麵包或漿果、喝葡萄酒或是灌木叢樹葉上的露水，不知今夕是何夕。許多人覺得他是傻子，也有許多人認為他是魔術師，很多人怕他，很多人笑他，很多人愛他。他學會了自己從來不會的事——跟孩子們一起，跟他們一起玩奇怪的遊戲，以及用一根折斷的枝椏與一顆小石頭談話。冬天與夏天來了又走，他注視著花萼，注視著小溪與湖水。

「虛幻的圖景，」有時他會喃喃自語，說：「一切都是虛幻的圖景。」

但是，他感到自己的內在有某種本質，那並不是圖景，他跟隨著它，這份內在的本質有時候會說話，它有著艾莉絲與母親的聲音，它是安慰與希望。

他遇見了奇蹟，卻不感到驚訝。曾有一次，他在雪地裡行走，穿過冬日冷寒的地面，他的鬍子開始結冰。雪地裡長出一朵細細尖尖的小鳶尾花，上面開著美麗孤獨的花朵，他俯身靠近，並微笑著，因為鳶尾花一直以來所警醒他的事物，他終於能夠指認出來了。他再度認出了童年的夢境，看見金色樹幹之間的那條淺藍路徑，光明地通往花心，通往那秘境，他知道那裡就是他所找尋的，那裡就是事物的本質，而不再是虛幻的圖景。

他不斷地感受到警醒與暗示，夢境領著他前行，他來到一間木屋，孩子們在屋裡，他們給他牛奶，他跟他們玩，他們說故事給他聽，告訴他森林裡有個奇蹟發生在燒煤工人身上。有人看見

魂靈之門開啟了，那是千年才開一次的。他聆聽著，並且對這親愛的景象點頭致意，然後繼續走下去，赤楊樹的一隻鳥正在他面前歌唱，聲音甜美非凡，彷彿是死去的艾莉絲。他跟隨著，那隻鳥繼續飛躍，越過小溪，進到遠方的森林裡去。

然後，周遭變得安靜，他再也聽不見鳥兒的聲音，也看不見牠了，這時安森繼續佇足，環顧四方。他站在森林深谷之中，一道水源在寬闊的綠葉底下輕聲流淌，其他的一切則靜靜等待著。然而，那隻鳥卻依然在他的胸臆歌唱，用他喜愛的聲音，驅使著他前進，然後在一片岩壁前停下，岩壁上苔蘚密布，中間裂開一道縫隙，細窄地通往山的深處。

一個老人坐在這條縫隙之前，他看見安森來了，便起身喊道：「回去，這位先生，回去！這是魂靈之門。凡是進去的人，都還沒有出來過。」

安森抬眼望著那道岩壁之門，他看見一條藍色小徑消失在深山裡，金色的樹夾道簇擁著，小徑往下深入，彷彿通往巨大花朵的花萼深處。

在他的胸臆之中，鳥兒明亮歌唱，安森邁開大步，走經門衛，進入那道縫隙，穿過金色樹林，直到深處的藍色秘境。那是艾莉絲鳶尾花，他闖入了她的心，那是母親花園裡的鳶尾花，他飄著進入她的藍色花萼，寂靜朝向金色的晨曦，這時，所有的記憶與感知一下子都回來了，他感到自己的手又小又軟，他聽見愛的呼喚就在近旁，金色的樹如是輝映，一如他所見到的童年的春天，萬物鳴作、閃耀輝煌。

而他的夢境也回來了，那是他還是小男孩時所做的夢，他邁

步往下，深入花萼，在他身後，整個虛幻的世界也跟著邁步滑翔，沉入所有虛幻圖像背後的秘境之中。

安森開始輕聲歌唱，他的小徑也輕巧地沉入故鄉。

——於一九一六年

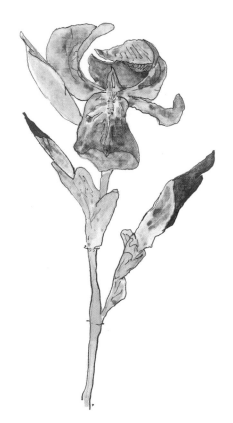

赫塞獻給妻子的鳶尾花

✤ 後記 · 那秩序存在於花朵之中 ✤

　　一身輕便服裝，帶著草帽，敞開的襯衫衣領，赫曼·赫塞在一九五八年七月初，他八十歲生日之後，新聞雜誌《明鏡週刊》將他的照片登載於封面，那是由赫塞的兒子馬丁所拍攝的肖像，儘管照片已經超過二十年，仍充滿個性。他的眼神穿透錦框眼鏡的圓形鏡片，以親切而對事物充滿懷疑的態度面對觀看這張照片的人，彷彿他想探測對方是否有能力洞察肖像中清醒的表情，與《明鏡週刊》編輯部在照片底下的圖說「在園亭中」，兩者之間的矛盾。那則封面故事透過標題「菜園裡的赫曼·赫塞」強化了它的傳奇，當中蒐集的資料有部分是錯誤的，另一部分則以作者的才華穿鑿附會，那篇文章，更多的是那位匿名寫手一廂情願的想像，而非事實本身。這樣的作為，既不與這份雜誌以啟蒙自居

赫塞肖像

的態度若合符節，也有損肖像主人公的地位，因為這位諾貝爾獎得主被他以可笑的方式矮化成花園裡的侏儒，專心致力於此，實在故步自封，也褻瀆了想要被認真看待並且參與談話的讀者。

將赫塞以諷刺漫畫的方式，呈現出與事實有所差距的「提契諾山間的園丁生活」，這樣的定調，在接下來的幾十年，給學術圈限縮的研究興趣定了錨，在德國的赫塞接收影響中，記者的傲慢也占了一席之地。因為誰會想用某些行動去貶抑一位作家，讓寂靜主義式的小農之樂「排除在世界文學的國際舞臺之外」（《明鏡週刊》語）。赫塞死後短短幾年，他的書籍風行全球，二十世紀德語作家，無人能出其右，世界文學的概念透過此一方式被爬梳，那是此前大家認為不可能的事，一批老學究承受不住，於是做出回應。每當有出人意表的現象，讓這些平常能言善道之人感到瞠目結舌，他們甚至會不服從地抵抗，或是策略性地保持緘默。

這樣的傳奇是信口捏造，也沒有經過更仔細的考察研究，我們不得不承認，它已經取代了這位詩人更恰當的形象，這是令人難以忍受的。也因此眾人也許都被《明鏡週刊》傳聞的理想形象所蒙蔽，直到今天，尤其是赫塞的隨筆與時評，有時也被阻礙集結成書，儘管這些時評在六十家報章雜誌發表，他本人也不曾把它們整理出來。因為恰恰是這些，逾十冊之多的藝術文化隨筆與書信集，足以打破說他是避世農人的謠言。

無疑地，作家致力於自然、甚或致力於體現侷限與退守，他們專心於園藝，天真、復古或是逃避生活的現實，好讓自己不用承受生活的挑戰，凡是與這個成規相牴觸的，大家就會排擠它。

因此，赫塞的作品意義與影響力，在學術與公眾討論中，世界上沒有一個地方像在它的母語文化圈那樣受到壓制，儘管他的作品有段時間在我們這裡也很受歡迎，他的作品比任何其他的作家更常被閱讀，從而在我們的大學與傳播媒體中有著舉足輕重的人文史分量。如果文化圈運作良好，那麼，藝術家在自己的國家所受到的重視，應該要符合藝術家的真實價值（一如反映在其跨地域的廣泛影響那樣），這樣一來，像赫曼·赫塞或史蒂芬·茨威格這樣的作家們，就會成為當代文學領域被研究得最深入，也被討論得最多的。

大家應該要體認到上面提到的背景——如今，赫塞有關園圃的文章首度集結成書，儘管是隨意信手拈來，但他的日常生活觀點絕不浮泛，因而重新來到讀者面前。

赫塞於一九〇三年出版的第一本小說《鄉愁》，時值二十五歲，那時的他，有八年之久的時間以書店與古董商為業，後來他放棄這些，轉而以作家的身分謀生；工業化與自動化初期的那些年，人們崇尚這樣的進步，並且奉之為圭臬，《鄉愁》則與之相反，這本書將進步的都市化所威脅的自然，以及順應自然法則的生活，如讚美詩那般寫下，出身於這種環境並以此為典範生活的人，如果置身事外，或將受到懲罰。《鄉愁》的主人公彼得·卡門欽[65]是一個反抗者，他所抵抗的，是「進步」的片面性、環境由陌生機械強制決定，以及生活因打卡機與碼表而加速、單調化

---

65 彼得·卡門欽（Peter Camenzind）為《鄉愁》（1904）一書之德語原文書名，也是書中主角的名字。

與奴役化。拜理性之賜，機械化、工作減輕、節約時間的時代來臨，這些優點受到大肆推崇，而赫塞卻感到不安。因此他於一九零七年去信作家朋友雅各‧夏夫納[66]，說：「機械會幫助人類生活，一些善良自主的人也是，不過，也會讓幾百萬個無賴輕鬆過活。」當時赫塞對「科技的完美」（腓特烈‧喬治‧榮格[67]語）抱持保留態度，不久之後，它果然在軍事與政治宣傳被濫用，使當時的當權者得以加以運用，造成史無前例的物質毀滅，並操控人民，更別說機動化加速濫墾濫伐，從而帶給環境的惡果了。

《鄉愁》的世界與之相反，成為了鮮明的對照。他以直觀且不帶感傷的筆觸描繪自然，使人想起自己其實也誕生於此，只是我們往往以日常生活的其他事務為優先，從而淹沒了自然的狀態，使它難以發聲。這本書讓自然再度發言，並且讓讀者更夠以感官去知覺，並且感到自己成為其中的一分子，那種歸屬感，昇華自週日散步者對自然的沉迷與感傷狂熱：「許多人說，《鄉愁》是這麼寫的：他們『熱愛自然』，亦即他們並不反感自己時而陷入眼前令人激動的美景。他們走出門，為大地之美感到高興，他們踐踏草地，扯下花朵與枝椏，過不久又丟棄，或是擺在家裡，看著它們枯萎。他們是這樣愛著自然的。假如星期天的天氣好，他們會在這天發自內心、感動地重溫這份愛。」

支持被威脅的弱勢，無論是植物、動物或是殘疾的鄰居波比，

---

66 雅各‧夏夫納（Jakob Schaffner, 1875-1944），瑞士作家。
67 腓特烈‧喬治‧榮格（Friedrich Georg Jünger, 1898-1977），德國詩人、文化批評家。

在在使赫塞這第一本著作，還有後來的幾部作品成為文學綱領，受到年輕世代與亟欲成長的讀者所推崇。沒錯，就連工業界的代表，如通用電力公司[68]的老闆以及後來的國家外交部長華特・拉特瑙[69]，他們都曾經讚許過這位年輕作者（如一九〇四年《未來》雜誌的評論）：「這位作者對天地萬物懷有深深的愛，多美好！他描寫太陽與雲朵，山巒與湖泊，樹木與花草，以及活生生的一切，透過他的書寫，真誠、感情與思想的心聲是如此熟悉、流暢、清新與高貴。

拉特瑙在他唯一公開發表的書評中，提出了他的先見之明，他認為赫塞後來的所有創作，尤其是詩歌，都有一種獨特的質地——赫塞的文學作品之所以富有影響力，並不是在於形式或內容的創新，而要歸功於他對於自身經歷的真誠描寫，並且為那些看似熟悉的事物，帶來栩栩如生的新意。

赫塞的書寫與生活經驗融為一體，也與《鄉愁》發表之後的另類生活方式一致。來自巴塞爾的彼得・卡門欽，移居至尼米孔村（又名西西孔，位於費瓦德湖畔的維茲瑙），赫塞則是在一九〇四年與巴賽爾律師之女瑪麗亞・貝諾利[70]結婚之後，從巴塞爾這座城市搬到波登湖畔的小村莊蓋恩霍芬，那時這裡更顯杳無人跡，居民不到三百人，他們在一間小農舍住下，想依照托爾斯

---

68 通用電力公司（AEG Aktiengesellschaft），德國電器公司，成立於 1883 年，結束於 1996 年，曾為世上最大的電器公司。

69 華特・拉特瑙（Walther Rathenau, 1867-1922），德國實業家、政治家，曾任威瑪共和時期德國外交部長。

70 瑪麗亞・貝諾利（Maria Bernoulli, 1868-1963），赫曼・赫塞的第一任妻子，長赫塞九歲，一九〇四年結婚，時年三十七，一九二三年離婚。

泰[71]、梭羅[72] 與英國社會改革家威廉·莫里斯[73] 的理想,「過著一種遠離都市塵囂,與自然連結的簡樸生活」。這些行動,也意味著致力於自給自足、獨立自主,擺脫文明帶來的無數枷鎖與替代性滿足[74]。此外,這也包含了赫塞對原始的強烈渴望:「很可惜地,我從來不懂得怎麼讓自己輕鬆自在地生活。有種藝術,卻總向我敞開,讓我運用——也就是美好地居住在某處的藝術。那段時間,我終於可以自由選擇居所,此後我的住處總是格外美好,有時住在原始且不怎麼舒適的地方,窗前卻總有一大片獨特且遼闊的風景……如果周圍環境沒有為我的感官提供最低限度的真實素材或風景,那麼我是不可能住下去的。要我住在摩登的城市裡,空蕩蕩的實用建築中,四壁全是壁紙,周圍都是仿真木料,在自欺欺人與替代物當中生活,那麼我很快就會死去。

　　當時赫塞還沒有自己的花園。因為位於教堂廣場的那幢小房子,空間只足夠種一排窄窄的花圃,他很早以前就在屋前種好了,裡面有一叢叢的花朵與黑醋栗。一九〇五年,長子出世,為數不多的房間(那裡沒電也沒有自來水,得從村莊的泉井取水),空間開始陸續被擠壓,而顯得窄小,於是他們在村莊之外的地方購

---

71 托爾斯泰(Lew Nikolajewitsch Tolstoi, 1828-1910),俄國小說家、哲學家、政治思想家,著有《戰爭與和平》。

72 梭羅(Henry David Thoreau, 1817-1862),美國作家、詩人、哲學家,著有《湖濱散記》。

73 威廉·莫里斯(William Morris, 1834-1896),英國英格蘭紡織設計師、畫家、建築師、詩人與社會主義活動家。

74 替代性滿足(Ersatzbefriedigung)為精神分析心理學用語,當慾望的目標無法抵達,或因禁止、禁忌或其他因素而被阻絕或壓抑,替代性滿足就會成為一種自我防禦機制,透過替代的對象來完成無意識的願望。

地建屋，一九〇七年夏天落成，這幢自己的房子，空間足夠建造一座花園。

那是赫塞生命中的第一座花園。它使得這個小家庭得以長期過著自給自足的生活。同時，他的願望也因此得以實現，早在他還很小的時候，母親就給年方九歲的他屋後陡坡的一畦花圃，讓他種植照顧。對於那座花園與童年的記憶永不磨滅，那時候的他，第一次以遊戲的方式體驗到，各種法則是如何存在於有機的生物、生命的變化、繁茂生長與消逝中，以及花朵、蜥蜴、鳥類與蝴蝶當中。因為這份記憶一直影響著他的創作，直到他最後的詩篇（詳見本書收錄的〈千年之前〉）。因此可以想見，赫塞在自己的孩子們開始能夠感知與接收各種印象的時候，就希望他們能夠儘量地親近自然，先是在波登湖的新花園，後來在伯恩，皆是如此。他的妻子米亞以相機留下了照片，其中有赫塞的四歲兒子布魯諾正拿著玩具鏟幫忙父親翻土的模樣。對此，她在日記中寫下：「布魯諾的祖父送他一些園藝用的小鏟子，他喜不自勝，現在他可以花園裡幫他爸爸的忙了。無論他看見父親做什麼，就精準地模仿，他也一腳踩在鏟子上，把土塊鏟碎——動作相當熟練。有一天早晨，他去找爸爸，說：『爸爸來，小布要鏟土，你來幫我！』爸爸時常在花園裡生火，把各種各樣的垃圾都燒掉。有一回柴薪用完了。這時候布魯諾就飛奔出去，帶了一朵金蓮花回來，說：『你看，爸比，這個可以生火！』」

這種對於園圃的熱愛，使蓋恩霍芬的花園裡充滿了豐饒的田園景緻，以及一叢叢花圃的百花爭妍，共有超過三十株果樹，以

及向日葵花田的小徑，讓來訪的人始終津津樂道。其中一位是來自葛拉瑞絲歌[75]鄉下寄宿學校的年輕教師，他在到訪的數十年後，在《洛桑日報[76]》寫道，當時赫塞領著他穿過花園，走上鋪滿沙子的主要小徑，一邊跟他強調：「你看，這條路鋪得非常堅實。沙子底下有優質的泥沙，素材卻不是石頭，而是一層又一層的當今所有德語文學。」赫塞在一封一九四四年九月寫給他小兒子的信中，證實了這個插曲：「我們在蓋恩霍芬有很多的沙子，卻沒有石頭──我把許多無用的書籍與大量的雜誌鋪在那條路面底下。」這樣的作法實在太目標導向，也很不尋常。由於有許多讀者閱讀他所撰寫的書評，因此當時赫塞每年會收到出版社寄來的大約五百本書，給他撰寫書評，其中寫得不好的，他就用這樣「為土地奠基」的方式進行清運。

　　赫塞在蓋恩霍芬所寫的大部分的信件當中，處處散發著跳脫傳統的興趣，充滿新意與狂恣而少有掩飾。他是這樣自得其樂，面對德皇威廉時期奢華上流社會的階級意識，赫塞用一種簡樸的生活方式來進行挑釁；當同輩知識份子顯得裝腔作勢時，他的簡潔務實則令人不安。當時，在這種厭惡一切誇誇其談的情境下，他第一篇觀察體驗〈花園裡〉則道出了自己身為藝術家，是如何受到園藝之事的激發：「從事園藝的時候，有點像從事創造性工作的慾望與忘乎所以，人們可以依照自己的想法與意志去耕耘一小塊土地，可以為夏天種出最愛的水果、顏色與香氣；也可以將

---

75 葛拉瑞斯歌（Glarisegg），瑞士波登湖畔的小鎮。
76 《洛桑日報》（Gazette de Lausanne），瑞士法語報紙，1978 年創立，1991 年解散。

一小方花圃與幾平方公尺的裸地，種植出一片絢麗的色彩。」

　　大約是同樣的時代，雨果‧馮‧霍夫曼斯塔[77]在他的隨筆中寫下對花園的看法：「再也沒有什麼比得上依照自己的幻想去建構一塊生氣勃勃的大自然，更能夠貼近詩人的心境了。」他繼續說：「因為園丁所做的，就像詩人豢養語言——他組構字詞，使其顯得既新穎又奇異，同時字詞也第一次賦予了自身的意義與內涵。」

　　不過，赫塞完成多年來的夢想之後，他那永恆擺盪在定居與游牧生活之間天性，很快地透露了未來的變化。「我很期待第一批從自家花園生長的水果與蔬菜，卻也沒有失去對遠方的渴望。」一九零八年三月，在一封寄往巴塞爾的信件當中，他已寫下這番話。而畫家法蘭茲‧費特[78]，曾經問過他是否也在家裡養蜂，他則因為不喜束縛而否認道：「我沒養蜜蜂，除了貓之外，其他的動物一概不養。我很愛所有的動物，自己卻不養任何一隻——責任太重大了！要不每天都得掛心於牠、照顧牠，永遠無法旅，要不就是得找到朋友託付，代為照顧，然後心生愧疚。」

　　於是赫塞越來越常去旅行，首先往慕尼黑，他在那裡的一份文化雜誌擔任共同創辦人的職務，然後往義大利，各種演講邀約，帶著橫越德國，往維也納，及至布拉格。一九一二年，他在錫蘭與印尼旅行三個月歸來，決定告別這幢才住了五年的波登湖畔的房子（還有「因為冬天孤寂且漫長」），好搬回瑞士去。

---

77 雨果‧馮‧霍夫曼斯塔（Hugo von Hofmannsthal, 1874-1929），奧地利作家。

78 法蘭茲‧費特（Franz Vetter, 1886-1967），德國畫家。

「為了好好慶祝在這裡的最後一個夏天，我在花園裡種了上百株大麗菊、錦葵與丁香花。」赫塞在一九一二年七月二十三日，他的生日這天，寫信給作家朋友亨利・沃夫岡・賽德爾[79]，那時的赫塞不久將遷居伯恩，他不無憂傷地總結自己的生活：「郵差將你的郵件帶到的這個地方，你一定會喜歡，我的窗前有草地與一座綿延幾十公里的湖，房屋周圍被我的農園圍繞，種植著許多大麗菊、太陽花、錦葵與丁香花，裡面還有三個男孩，在覆盆子叢追逐。我在這裡的生活，外在顯得美麗且誘人，不曉得我在伯恩能不能有一半這樣的美？雖然我在離伯恩很遠的市郊租了一個老農舍，有花園與老樹，但是現我對於迄今為止的一切感到無限依戀，遠大過於對新事物的快樂了。」

那是他甫過世的畫家朋友亞伯特・維爾提[80]的房子，如今他搬進去住。與蓋恩霍芬的房子相較，這裡的花園簡直可以用華麗來形容，它有一口泉井，繁茂的灌木花壇，以及一片橢圓形的草坪，露天臺階可以抵達。赫塞在他的書信與寫作當中，曾經提起他在波登湖的花園非常多次，有關這座花園，相較之下較少提及。一方面有可能是因為這裡的一切都已經規劃好，而且早已底定，讓個體的創造慾少有自由發揮的空間，不像一塊耕地供人自由開墾。另一方面的顧慮是，他搬進這幢已然殘破、亟待整修的維爾提別墅的兩年後，第一次世界大戰就爆發了。赫塞在這段期間，提出了許多時評與新聞倡議，那是他人生中絕無僅有階段，此外，他也成立了伯恩戰俘收容所，這些活動在在使他沒有餘暇給自己

---

79 亨利・沃夫岡・賽德爾（Heinrich Wolfgang Seidel, 1876-1945），德國作家。
80 亞伯特・維爾提（Albert Welti, 1862-1912），瑞士畫家。

的私人生活。因此，他在戰前著手書寫的短篇小說《夢中之屋》（以前屋主亞伯特・維爾提的一幅石版畫作為名）並沒有完成，這部文學作品以更為詩意的方式描述伯恩花園，同時期的赫塞也曾在一九一四年五月六日的一封信中提及這座花園，那是寫給住在柯恩塔[81]的父親與姐姐的信：「可惜你們無法到我們的陽臺來看一眼。橢圓形的草坪，房屋南面的牆邊，雪白色的玉蘭花盛開，大片的葡萄藤與紫藤布滿了半圈的屋牆，還有簇擁的丁香花、木瓜海棠，以及其他種類的花朵，花園裡則有五月花與鬱金香。接下來我種下大麗菊，它們還擺在地下室，是從蓋恩霍芬帶來的，這種東西我還有很多，我大約拔下了一百株。在蓋恩霍芬有各種頑強的雜草叢生，讓園藝工作變得勞苦，這邊就不用煩惱這些，土質更佳，不過鳥兒與蝸牛卻明目張膽地把作物吃個精光；昨天傍晚我種下的萵苣，今天早晨已消失無蹤。」四天後，他在戰前最後幾次提及伯恩這座花園的文字，其中一則如下（文字寫在給奧特馬・舍克[82]的明信片上，他曾邀請赫塞到佛羅倫斯）：「可是，你要一個園丁如何在五月時節放棄他的花園？處處都是雜草，而我還得栽種大麗菊、豆類與黃瓜，還有幫胡蘿蔔播種！實在沒辦法。更大的力量在宰制我們的生活！」

　　從一次大戰開始，直到一九三一年，花園不再是赫塞的寫作主題了。另一種「更大的力量」不僅摧毀了歐洲的和平，也擾亂了赫塞居家生活的安寧。他的小說《藝術家的命運》[83]、未完成

---

81 柯恩塔（Korntal），德國西南部市鎮名。
82 奧特馬・舍克（Othmar Schoeck, 1886-1957），瑞士作曲家、指揮家。
83 《藝術家的命運》（*Rosshalde*, 1914），赫塞發表的短篇小說。

的短篇小說〈夢中之屋〉斷簡，以及幾年後發表的童話〈鳶尾花〉中也可見一斑，在在宣告這種轉變。這些作品，也是赫塞與他的妻子米亞先後接受長期心理治療所帶來的結果。

「他知道美麗的天堂就在這片魔法玻璃牆後面，」一九一四年發表的〈夢中之屋〉，他遠眺伯恩的阿爾卑斯山，「那裡的生命，在天真的富饒之中，顯得美好而輕盈；嫵媚的花朵天真自然，滋養著美麗。而北方，卻是誕生自渴望的痛苦與深淵的掙扎……他站在北方人那邊，他站在捨棄以及不可饜足的慾望那邊。」五年後，他才順利跳脫出來，越過那片「魔法玻璃牆」，與家人分開，並於一九一九年以「一介衣衫襤褸、褲裝磨損之文人」展開新的人生。「這段時間戰爭開打，我的安寧、健康與家庭全都破滅，我學會用全新的眼光看整個世界，尤其是藉著心理分析治療一起度過時代的苦難，並且透過它來進行重整。」一九二〇年一月六日，赫塞在寫給路易・芬柯[84]的信中如是說。

像從前那樣擁有自己的房子與花園，這種中產階級水平的生活已經不復存在。十二年之久的時光，赫塞質居於盧加諾湖山腰上的一幢巴洛克建築，生活在那片「高貴的廢墟」當中，這幢建築遺世獨立於一座陡峭荒蕪的公園之上，《克林索的最後夏天》[85]曾有描述，他發展自己的畫家志業，並且在那裡寫作——《徬徨少年時》使他又一次成為年輕世代的作家代表，之後赫塞陸續出版《悉達多》、《荒野之狼》以及《知識與愛情》，為他的作品

---

84 路易・芬柯（Ludwig Finckh, 1876-1964），德國作家、醫生。
85 《克林索的最後夏天》（*Klingsors letzter Sommer*, 1919），赫塞發表於 1919 年的中篇小說。

帶來第三波文藝復興[86]。

　　直到一九三一年，一位蘇黎世的富裕友人資助當時已五十四歲的詩人赫塞，幫助他建造自己的房子，並且跟妮儂・都爾賓[87]成為終生伴侶，她擔起赫塞生命中不可或缺的人物（因為體認到，對於像赫塞這樣人來說，幸福無非就是讓他好好地為自己的事業而活），因而赫塞終於敢於重新在伯恩過著像在蓋恩霍芬時那樣的生活，又有了空間給自己的花園。只是這次的花園，對赫塞而言，不再是為了自給自足，或是為了脫離文明社會、保持距離，而有著稍微不同於以往的另一種功能。

　　那幾年間，赫塞的眼疾日益加重（一九〇一年，因為傷寒觸發淚腺炎，開刀卻失敗），上半部顏面於是有了嚴重的神經痛，因此他急於尋找新的工作韻律，好讓自己的眼睛慢慢康復。在這段期間，畫畫這件事情給了他許多幫助，但即便如此，還是需要眼睛的緊張與專注，幾年下來，比在戶外勞動更加使人疲勞。因此，園藝工作隊他來說，意義在於「保健與民生」，一如他在一九五四年發表的〈復活節筆記〉[88]中所稱：「每當我的眼睛與頭部痛得不可遏抑的時候，我就會需要轉換，而且是身體方面的。

---

86 《徬徨少年時》（*Demian*, 1919）、《悉達多》（*Siddhartha*, 1922，又名《流浪者之歌》）、《荒野之狼》（*Der Steppenwolf*, 1927）以及《知識與愛情》（*Narziß und Goldmund*, 1930），為赫塞發表於一次戰後的重要著作。

87 妮儂・都爾賓（Ninon Dolbin, 1895-1966），藝術史家，赫曼・赫塞的第三任妻子，原為諷刺漫畫家班乃迪克・都爾賓（Benedikt Fred Dolbin, 1883-1971）之妻，一九三一年，兩人離婚，妮儂・都爾賓於同年嫁給赫曼・赫塞，並改名為妮儂・赫塞（Ninon Hesse）。

88 〈復活節筆記〉（Notizblätter um Ostern, 1954），赫塞於 1954 年發表的文章。

Heute 1. August 1935

Grosses Montagsdorfer Boccia-
    Wettspiel für Gäste

Es nehmen teil:

Vogel von Montagsdorf hors concours

Lili als Gast

Martin als Gast

Keuper als Ehrenmitglied des Preis-
        gerichts

Es sind drei Preise ausgesetzt,

der grosse Ehrenpreis von Montagsdorf

der Ehrenpreis vom Vogelhaus

der Kreuz-Preis

        Die Verteilung der Preise findet
statt nach den bewährten Grundsätzen,
die wir dem Magister Jos. Knecht ver:
danken,also ohne jede Rücksicht auf
die sportliche Leistung,so da" Strebe-
rei und Ehrgeiz ausgeschlossen sind.
Andrerseits entstehen keinem Mitspieler
Hemmungen im Zeigen seiner Talente,
denn er mag glänzen wieer will: er be-
kommt den im voraus für ihn bestimmten
Preis und keinen andern.

赫塞在瑞士國定假日時邀請賓客到家中來訪，圖為自製節目單。

赫塞與妻子玩擲球遊戲

這麼多年來，我慢慢發展出一種為了這個目的而發明的勞動，那是屬於園藝與燃燒煤炭的假性勞動，不只是為了讓身體能夠轉換與放鬆，而且也有助於冥想、編織幻想，以及讓靈魂與思緒專注。」

一九三〇年七月，赫塞獲得這塊位於蒙塔諾拉鎮南面山上的土地，一萬一千平方公尺的大面積，雄偉磅礴之勢，可以俯瞰前方義大利的湖谷與山巒，若想在這裡建造一座花園，這座葡萄丘陵有些陡峭且布滿岩石，可以想見並不適合。儘管如此，赫塞運用了造園技巧，讓這件事情實現了。

赫塞的座右銘是「運用一點自由，讓大自然的意志成為我的」，這塊地於是由一家園藝造景公司包辦，毋須土地重劃，而是大量保留土地原有結構，加上腐殖質、擋土牆，鋪上階梯與步道，讓這片地可以種植開墾，嵌上泉井、種植樹木，在森林邊緣的數十棵栗樹裝設硬地滾球道。花園的中央仍是葡萄丘陵，赫塞希望最好能把它佃租出去，但是卻乏人問津，於是他只好雇用一位短工來幫忙採收七百公斤的葡萄，此後每都有這樣的收成。花朵、草莓、蔬菜、沙拉與香草的園圃，都被種植在底下的露臺階梯附近，上方窄小的梯臺，則種植著葡萄藤。

由於赫塞是個晚上工作的人，除了信件往來之外，所有與書寫有關的工作，他都會喜歡在下午與晚上的時間完成，「園圃時光」基本上都安排在清晨。他都是怎麼度過這些時光的，在一篇同名的敘事詩中可以窺見一二，那是一九三五年夏天寫給他姐姐阿德雷，祝賀她六十歲生日的作品。這首詩在七月的短短四天內

寫成，由數百句六音步詩行組成，那是從古希臘羅馬時代流傳下來的詩歌體裁，荷馬、奧維德與維吉爾[89]都曾經運用它，在德語文學當中，包括克卜洛斯托克、所羅門·葛斯納與歌德（《赫爾曼與多羅提亞》、《狐狸雷納德》）[90]也使用過這個體裁，托馬斯·曼的《孩提之歌》[91]也不例外。

　　再也沒有什麼比六音步詩行的格律更適合用來呈現愜意的牧歌了，語言的旋律、表達的姿態，呈現出說話的節奏感。同時，赫塞時常將自己的簡樸的田園生活與顯然不合時宜的作為，與汲汲營營的時代精神並置，並且以幽默諷刺口吻讓話鋒轉變，這時，六音步詩行莊嚴的藝術風格於是派上用場。卡爾·孔恩[92]應該也留意到了，他在新版的《園圃時光》回憶道：「當時的德國，如果要避開眾聲喧嘩與公眾行動，就要使出機巧的詭計，這時候，費雪[93]出版了一本裝幀精美的書籍……書名叫做《園圃時光》，可以說是當今文人所鄙夷的某種文學支流的後裔，這個支流發源

89　荷馬（Homer）、奧維德（Ovid）與維吉爾（Vergil）皆為古希臘羅馬時代之詩人。

90　克卜洛斯托克（Friedrich Gottlieb Klopstock, 1724-1803）、所羅門·葛斯納（Salomon Gessner, 1730-1788）與歌德（Johann Wolfgang von Goethe, 1749-1832）皆為德語文學重要人物。《赫爾曼與多羅提亞》（*Hermann und Dorothea*, 1782）、《狐狸雷納德》（*Reineke Fuchs*, 1794）皆為歌德之史詩作品。

91　托馬斯·曼（*Thomas Mann*, 1875-1955），德國作家，一九二九年獲得諾貝爾文學獎，《孩提之歌》（*Gesang vom Kindchen*, 1919）為其撰寫的田園詩。

92　卡爾·孔恩（Karl Korn, 1980-1991），德國出版家、記者、作家。

93　費雪（Gottfried Bermann Fischer, 1897-1995），德國出版家。

於維吉爾的《農事詩》[94]」。赫塞在這本精美的書中，完全傳達了他在盧加諾湖畔山上的蒙塔諾拉的園圃之樂，當時還沒有附庸風雅之士來到這個地方，而是只有葡萄農、園丁與農夫……此外，那頂中間凹陷的寬緣草帽也屬於這裡的一部分，赫塞置身大自然的時候都會戴著它，就像雷諾瓦、塞尚那些偉大的法國風景畫家那樣……不過這段時間，農事文學是如此受到排斥，沒有任何一個作家敢於支持這種從社會政治意識形態脅迫下逃避而來的文學。」

赫塞從來不曾迴避這樣的脅迫。他以（一九三一年至一九四二年寫就的）《玻璃珠遊戲》中的另類世界觀作為抵抗，並提出一種教育模式，用以抗拒納粹式的教育實踐，並且非常具有遠見地使用打破界域的方式使之瓦解。面對被當權獨裁者迫害的人們，他就打開自己的家門，用積極主動的行動參與，幫助上百位流亡者以及無數需要幫助的訪客，提供他們庇護所，給予經濟、諮詢與務實的支援，如協助擔保、鑑定、中介簽證辦理，以及與瑞士外事局斡旋。更不用說那些來自所有難民營與各國的數千封來信，他的回覆都清晰詳實、充滿著利他精神。

面對導致這場集體災難的超級強權，個體所能做出的抵抗儘管有限，赫塞卻竭盡全身之力做到了。在這樣的環境下，他的園圃牧歌於是誕生。這些作品以一派悠閒從容來挑釁社會，從當時到今天都是，它們完全有意識地去延遲一場導致災難的行動主義，並且提醒我們，在紛亂的當代局勢中，彼岸仍有值得我們信

---

94 《農事詩》（*Georgica*），古羅馬詩人維吉爾的代表作品，費時七年完成，共有四卷，全長 2188 行。

賴的自然秩序，「那秩序存在於花朵之中，年復一年，都將回到草地之中，數千年不曾改變，而帝國、王朝與國家終將凋零，在明日化為過眼雲煙。」

當我們去思索變幻中的恆常，我們就會發現，在這個急速奔忙、過度刺激、政治現實嚴峻的世界裡，有一個重點慢慢浮現，那就是去質疑各種野心，那種「意欲以理念塑造歷史的野心，因為我們的世界很可惜地，就是這樣被慾望與驅力創造而來……最後帶來了流血、暴力與戰爭……因此，在這令人難以忍受的時代，我們應該用寧靜的靈魂來面對世道，我們行善，卻並不急於移風易俗──這其中自有積極的意義。」（引自〈園圃時光〉）

這樣的態度發人深省，並且與路得這類行動派人士的座右銘完全相符：「就算明天是世界末日，我今天也還要種下我那株小小的蘋果樹。」

文／佛克・米歇爾斯 [95]

---

95 佛克・米歇爾斯（Volker Michels, 1943- ），德國編輯，赫曼・赫塞研究專家及作品選集的重要推手。

作為祖父的赫塞，與他的孫子大衛（David）。
照片提供：海納・赫塞。

文章來源

- 〈花園裡〉（Im Garten），首度刊登於 1908 年 3 月《新維也納日報》（Neues Wiener Tageblatt）。收錄於《赫曼·赫塞全集》（*Sämtliche Werke*）第 13 冊，佛克·米歇爾斯（Volker Michels）主編，法蘭克福，2003 年。

- 〈童年的花園〉（Garten der Kindheit），選自短篇小說《旋風》（*Der Zyklon*），1913 年。收錄於《赫曼·赫塞全集》第 8 冊，法蘭克福，2008 年。

- 〈外部世界的內在世界〉（Die Innenwelt der Außenwelt），選自赫曼·赫塞《德米安：埃米爾·辛克萊年少時的故事（徬徨少年時）》（*Demian. Die Geschichte von Emil Sinclairs Jugend*），柏林，1919 年。收錄於《赫曼·赫塞全集》第 3 冊，法蘭克福，2001 年。

- 〈公園變成森林〉（Ein Park wird zum Wald），選自短篇小說《七月》（*Heumond*），寫於 1905 年。初次刊登於《新評論報》（*Die Neue Rundschau*），柏林，1905 年 4 月。收錄於《赫曼·赫塞全集》第 6 冊，法蘭克福，2001 年。

- 〈波登湖畔〉（Am Boden see），選自紀念短文〈遷入新居〉（Beim Einzug in ein neues Haus），1931 年。收錄於《赫曼·赫塞全集》第 10 冊，法蘭克福，2002 年。

- 〈六月天〉（Junitage），選自短篇小說〈大理石鋸〉（Die Marmorsäge），1931 年。收錄於《赫曼·赫塞全集》第 10 冊，法蘭克福，2002 年。

- 〈無用之用的快樂〉（Freude am Nutzen des Wertlosen），選自短篇小說〈歸鄉〉（Heimkehr）。初次刊登於《新評論報》（*Die Neue Rundschau*），柏林，1909 年 4 月。收錄於《赫曼·赫塞全集》第 7 冊，法蘭克福，2001 年。

- 〈樹木〉（Bäume），選自《漫遊》（*Wanderung*），柏林，1920 年。收錄於《赫曼·赫塞全集》第 11 冊，法蘭克福，2001 年。

- 〈波登湖再見〉（Abschied vom Bodensee），選自隨筆〈搬家〉（Umzug）。

首度刊登於 1912 年 10 月 13 日《新維也納日報》。收錄於《赫曼‧赫塞全集》第 12 冊，法蘭克福，2003 年，選自紀念短文〈遷入新居〉，1931年。

- 〈那把遺失的折刀〉（Das verlorene Taschenmesser）。首度刊登於《福斯日報》（Vossische Zeitung），1923 年 9 月 14 日。收錄於《赫曼‧赫塞全集》第 13 冊，同前註。

- 〈彷彿孩提時的童話〉（Wie ein Märchen aus der Kindheit）。選自斷簡〈越過那牆〉（Jenseits der Mauer）。收錄於《赫曼‧赫塞全集》第 4 冊，法蘭克福，2001 年。

- 〈老樹悲歌〉（Klage um einen alten Baum）。首度刊登於《柏林日報》（Berliner Tageblatt），1927 年 10 月 16 日。收錄於《赫曼‧赫塞全集》第 14 冊，法蘭克福，2001 年。

- 〈對照記〉（Gegensätze）。首度以〈南方盛夏〉（Hochsommertag im Süden）為題刊登於《柏林日報》，1928 年 9 月 7 日。收錄於《赫曼‧赫塞全集》第 14 冊，同前註。

- 〈百日草〉（Zinnien）。首度以〈夏末之花〉（Spätsommerblumen）為題刊登於《柏林日報》，1928 年 8 月 23 日。收錄於《赫曼‧赫塞全集》第 14 冊，同前註。

- 〈對一小塊土地的承擔〉（Verantwortung für ein Stückchen Erde）。選自紀念短文〈遷入新居〉，1931 年。選自隨筆〈提契諾的秋日〉（Tessiner Herbsttag）。首度刊登於《新評論報》，柏林，1932 年 9 月。收錄於《赫曼‧赫塞全集》第 14 冊，同前註。

- 〈園圃時光〉（Stunden im Garten）。首度刊登於《新評論報》，柏林，1935 年 9 月。收錄於《赫曼‧赫塞全集》第 9 冊，法蘭克福，2002 年。

- 〈桃樹〉（Pfirsichbaum）。首度刊登於《新蘇黎世日報》（Neue Züricher Zeitung），1945 年 3 月 10 日。收錄於《赫曼‧赫塞全集》第 14 冊，同前註。

- 〈反璞歸真〉（Rückverwandlung）。選自〈復活節筆記〉（Notizblätter um Ostern），1954 年。收錄於《赫曼‧赫塞全集》第 12 冊，同前註。

- 〈幾頁的日記〉（Tagebuchblätter）。選自《日記選集》（*Tagebuchblätter*），1955 年。首度刊登於《新蘇黎世日報》，1955 年 3 月 16 日及 1955 年 7 月 4 日。收錄於《赫曼‧赫塞全集》第 11 冊，同前註。

- 〈彷彿失落的故鄉〉（Wie eine verlorene Heimat）：赫曼‧赫塞書信與書寫當中有關自然與花園的思考。選文出處詳見各段落最末。

- 〈給君特‧波美爾的花園小記〉（Kurzer Gartenbericht an Gunter Böhmer）。首度刊登於《赫塞書信選集》（*Gesammelte Briefe*）第 2 冊。與海納‧赫塞（Heiner Hesse）合作，由烏爾蘇拉‧米歇爾斯與佛克‧米歇爾斯（Ursula und Volker Michels）共同主編，1979 年。

- 〈老尼安德〉（Herr Neander）。選自斷簡〈夢中之屋〉（Das Haus der Träume）。首度刊登於《史瓦本聯盟》（*Der schwäbische Bund*），司徒加特，1920 年 11 月。收錄於《赫曼‧赫塞全集》第 8 冊，同前註。

- 〈鳶尾花〉（Iris）。首度刊登於《新評論報》，柏林，1918 年 12 月。收錄於《赫曼‧赫塞全集》第 9 冊，同前註。

- 詩歌選自《赫塞詩集》（*Die Gedichte*）。收錄於《赫曼‧赫塞全集》第 10 冊，法蘭克福，2002 年。

圖片來源

- 本書所收錄與重製之水彩與素描作品，皆由赫曼·赫塞所創作，感謝赫曼·赫塞出版社檔案庫之許可，負責人：佛克·米歇爾斯，法蘭克福歐芬巴赫。

- 本書收錄之赫曼·赫塞照片，如無特別標註，則皆為現居伯恩之赫曼·赫塞之子馬丁·赫塞提供。

- 感謝蒙塔諾拉（Montagnola）的烏爾斯蘇·波美爾（Ursula Böhmer）女士之授權，使本書得以重製君特·波美爾教授之素描與圖畫。

Abbildungsnachweis

- Die in diesem Band reproduzierten Aquarelle und Zeichnungen von Hermann Hesse erscheinen mit freundlicher Genehmigung des Hermann Hesse-Editionsarchives: Volker Michels, Offenbach am Main.

- Die Photos von Hermann Hesse stammen, wo nicht anders angegeben, von seinem Sohn Martin Hesse, Bern.

- Die Zeichnungen und Bilder von Prof. Gunter Böhmer wurden mit freundlicher Genehmigung von Ursula Böhmer, Montagnola reproduziert.

園圃之歌
諾貝爾文學獎大師赫曼‧赫塞的自然哲思與手繪詩畫

FREUDE AM GARTEN: Betrachtungen, Gedichte und Fotografien.Mit farbigen Aquarellen des Dichters.
Herausgegeben und mit einem Nachwort versehen von Volker Michels.

作　　　　者	赫曼‧赫塞 Hermann Hesse	
編　　　　者	佛克‧米歇爾斯 Volker Michels	
翻　　　　譯	彤雅立	
封 面 設 計	莊謹銘	
內 頁 排 版	高巧怡	
行 銷 企 劃	陳慧敏、蕭浩仰	
行 銷 統 籌	駱漢琦	
業 務 發 行	邱紹溢	
營 運 顧 問	郭其彬	
果 力 總 編	蔣慧仙	
漫遊者總編輯	李亞南	
出　　　　版	果力文化／漫遊者文化事業股份有限公司	
地　　　　址	台北市松山區復興北路331號4樓	
電　　　　話	(02) 2715-2022	
傳　　　　真	(02) 2715-2021	
服 務 信 箱	service@azothbooks.com	
網 路 書 店	www.azothbooks.com	
臉　　　　書	www.facebook.com/azothbooks.read	
營 運 統 籌	大雁文化事業股份有限公司	
地　　　　址	台北市松山區復興北路333號11樓之4	
劃 撥 帳 號	50022001	
戶　　　　名	漫遊者文化事業股份有限公司	
初 版 一 刷	2022年12月	
定　　　　價	380元	

ISBN　978-626-96380-6-2
有著作權‧侵害必究
本書如有缺頁、破損、裝訂錯誤，請寄回本公司更換。

國家圖書館出版品預行編目 (CIP) 資料

園圃之歌：諾貝爾文學獎大師赫曼.赫塞的自然
哲思與手繪詩畫/ 赫曼‧赫塞(Hermann Hesse)
繪. 著；彤雅立譯. -- 初版. -- 臺北市：果力文化，漫
遊者文化事業股份有限公司出版：大雁文化事業股
份有限公司發行, 2022.12
　　面；　公分
譯自：Freude am Garten：Betrachtungen,
Gedichte und Fotografien. mit farbigen
Aquarellen des Dichters
ISBN 978-626-96380-6-2(平裝)

875.6　　　　　　　　　　　　　　　111019348

漫遊，一種新的路上觀察學
www.azothbooks.com
漫遊者文化

大人的素養課，通往自由學習之路
www.ontheroad.today
遍路文化‧線上課程